El fotógrafo de cadáveres

El fotógrafo de cadáveres

Julio Castedo

Plataforma
Editorial

Primera edición en esta colección:
septiembre de 2012

Plataforma Editorial
c/ Muntaner, 231, 4-1B – 08021 Barcelona
Tel.: (+34) 93 494 79 99 – Fax: (+34) 93 419 23 14
www.plataformaeditorial.com
info@plataformaeditorial.com

Depósito legal: B. 20.396-2012
ISBN: 978-84-15577-08-9
IBIC: FA
Printed in Spain – Impreso en España

Diseño de cubierta:
Lola Rodríguez

Diseño gráfico:
Daniela Saravia, Mariella Hughes
y María Pía Chaparro

Fotocomposición:
gama, sl
Travessera de les Corts, 55, 2.º 1.ª – 08028 Barcelona

El papel que se ha utilizado para imprimir este libro proviene
de explotaciones forestales controladas, donde se respetan
los valores ecológicos y sociales, y el desarrollo sostenible del bosque.

Impresión:
Romanyà-Valls; Verdaguer, 1-Capellades (Barcelona)
www.romanyavalls.com

No sería justo olvidar que esta novela existe por una conversación entre dos amigos.

Gracias, Carlos.

Para Emilio Benavente

Es probable que, aunque hubiese crecido totalmente ajeno a tu influencia, tampoco habría podido llegar a ser como tú habrías deseado.

Carta al padre, FRANZ KAFKA

1

Sarajevo, 1914.

GAVRILO SE MIRA en el espejo. Sin duda ya aparenta más de diecinueve años. Tal vez por haber pasado la noche sin dormir, o por la melancólica caída de ojos que ha heredado de su madre, o por los estragos de la tuberculosis. En ese momento no sabe decirse si le gusta aquella imagen, ni si ve en ese hombre a alguien digno de fraguar con sus actos los cimientos de la Gran Serbia. Su bigote sí, su bigote sí le gusta: no muy grande, cobrizo, partido por el centro, como los que había visto durante su infancia en Obljaj.

Mientras baja las escaleras de la pensión, recuerda que su papel en el grupo es secundario, que debe dejar actuar a los compañeros con más experiencia. Él está allí para proteger su huida, para crear confusión con disparos al aire sólo si es necesario. Todos saben que está enfermo, que un inoportuno ataque de tos puede arruinarlo todo, porque a veces tiene insidiosos ataques de tos, y esputos con sangre que le hacen sentir vergüenza y asco de sí mismo. Todos saben que a Gavrilo el cuerpo se le está pudriendo demasiado pronto.

La calle está llena de gente que se apresura hacia el recorrido del cortejo; es un domingo de junio templado y agradable, se celebra la fiesta ortodoxa del Vidovan, una fecha trascendente del calendario religioso para los pueblos eslavos, y la muchedumbre quiere ver de cerca al archiduque Francisco Fernando, heredero de la corona austrohúngara, y a su esposa Sofía Chotek, duquesa de Hohenberg, que viajan en un coche descubierto.

—Este pueblo es sumiso y estúpido —piensa Gavrilo mientras recibe codazos y algunos empujones, y forcejea por mantener su ruta inalterable hasta el lugar que le han asignado en la organización *Mano Negra*: las inmediaciones del puente Latino.

Cuando el cortejo alcanza la avenida de la Miliachka, Mehmedbasic, apostado en una ventana, desestima la posibilidad de disparar su fusil al no conseguir un buen ángulo de tiro; sabe que un poco más adelante está su compañero Cabrinovic y prefiere no comprometer la misión con un disparo fallido.

Los herederos imperiales van en el segundo coche, en el asiento de atrás; fingen simpatía y saludan a una multitud curiosa y excitada, pero muy poco ferviente. Bosnia ha sido anexionada al Imperio austrohúngaro hace apenas seis años, y esos insignes desconocidos no dejan de ser unos extranjeros.

Cabrinovic espera con inquietud. Al no haber oído el disparo de Mehmedbasic es él quien tiene que actuar; se ha convertido en el brazo ejecutor, en el hombre que iniciará el sueño de la unión de los pueblos eslavos. Lleva una bomba de mano en el bolsillo, un artefacto pequeño y potente, capaz de matar a cinco o seis personas en un espacio abierto. Ve llegar la comitiva, nadie lo observa, todos tratan de cruzar su mirada con la del sobrino del emperador Francisco José, el hombre señalado por la política internacional para regir en el futuro sus destinos desde el lejano palacio de Hofburg, en Viena. Llega el primer coche, que con toques insistentes de bocina se abre camino entre la muchedumbre, luego algunos jinetes más preocupados por mantener el trote de sus monturas que de proteger a los nobles, y por fin pasa junto a él, casi puede tocarlo, el elegante coche negro de Francisco Fernando y su esposa.

Cabrinovic siente que la ansiedad lo golpea en el pecho, toda la operación depende de él, y a esa distancia no puede fallar. Libera la espoleta dentro de su bolsillo, alza las dos manos y, simulando un saludo efusivo, deja caer la bomba en el interior del coche.

La bomba es de explosión retardada y Cabrinovic se ha precipitado. El archiduque tiene tiempo de agacharse y la suficiente serenidad para recoger el artefacto y lanzarlo hacia atrás, lejos de la multitud.

Cuando la bomba cae al suelo, rueda bajo el tercer vehículo de la comitiva y explota con violencia, levantando dos metros el coche en el aire e hiriendo de metralla a numerosas personas.

Al presenciar su fracaso, Cabrinovic prefiere la extinción a la huida, y muerde su cápsula de cianuro.

Desde la posición de Gavrilo todo es confuso. Ha oído el estallido, ve la espesa columna de humo elevarse sobre los edificios y piensa que la misión ha sido un éxito. Pero no sonríe. Hay ruido de silbatos, gritos, sirenas, cascos de caballos, gente que se desplaza a uno y otro lado del puente; muchos huyen con sus hijos, y otros acuden curiosos hacia el lugar de la detonación con un necio gesto de asombro. Gavrilo espera.

A pesar de lo sucedido, la comitiva no sale de la ruta prevista y por orden del archiduque se dirige hacia el ayuntamiento para cumplir con todo el protocolo de la visita; una vez que han saludado al alcalde y al resto de las autoridades, pide que lo trasladen al hospital militar, pues quiere recibir información directa sobre el estado de los heridos, algunos de ellos miembros de su séquito. Para hacerlo, el camino más rápido es cruzando el puente Latino.

Gavrilo siente hambre, recuerda que la ansiedad del momento le había impedido desayunar, y empieza a cruzar el puente Latino hacia unos puestos de bocadillos. En ese momento ve llegar entre el gentío a dos jinetes que abren camino al coche de Francisco Fernando y su esposa. Avanzan con dificultad entre el desorden de una muchedumbre alterada, y Gavrilo se encuentra cara a cara con el archiduque, con el coche casi parado. No está nervioso. No recuerda haber estado nervioso nunca. Saca su pistola y manteniéndole la mirada le dispara en el cuello. La duquesa se levanta y grita, está empapada por la sangre que brota a chorros intermitentes de la garganta abierta de su esposo. Gavrilo le dispara al abdomen y también la abate.

Uno de los guardias cae sobre Gavrilo, que no tiene tiempo ni intención de volver a usar su arma. Con dificultad consigue ingerir una cápsula de cianuro, pero un acceso de vómito evita el suicidio.

Al llegar a la prisión, ante su gobernador, justo antes de que Stefan Adler lo retrate en una fotografía que habrá de dar la vuelta al mundo, Gavrilo Princip por fin sonríe.

—No es necesario que se preocupe por mí —le dice al fotógrafo—, mi vida ya se acaba. Sería bueno que me clavaran en una cruz y me quemasen vivo. Mi cuerpo en llamas será la antorcha que guíe a mi pueblo por el camino de la libertad.

2

Viena, 1914.

DURANTE LA NOCHE, Arthur Klammer sueña que su madre ha muerto y que por ese motivo, en el velatorio, recibe la visita de un adusto suboficial que le ofrece su pésame y, casi disculpándose, le anuncia la suspensión indefinida de su incorporación a filas. Ve a su madre tendida en el ataúd abierto, con los brazos cruzados sobre el pecho, serena y hermosa a la luz de las velas como si estuviera dormida, como si sólo fingiera una muerte pura y sin desconsuelo, exenta de podredumbres; no puede imaginar de otra forma su muerte, daría su propia vida antes que verla sufrir. Entonces se acerca a ella, emocionado y respetuoso, para darle las gracias al oído por ese inesperado sacrificio.

Cuando lo despierta la imperiosa voz de su madre

llamándolo perezoso desde el otro lado de la puerta, golpeándola con sus nudillos y apresurándolo para que se levante de la cama, siente una mezcla ambigua de alegría y desencanto, sin que en la confusión del duermevela ninguno de los dos sentimientos sea capaz de cancelar al otro.

Le cuesta mucho levantarse, le resulta tan difícil regresar del mundo de los sueños como a un insecto atravesar el inesperado cristal que separa su entorno en dos mitades, siempre ha sido así desde los días de la escuela, cuando fingía enfermedades banales para quedarse toda la mañana en la cama; cerraba los ojos como si de sus párpados pendieran piedras, se daba la vuelta arrastrando tras de sí la manta y volvía a dormirse con la facilidad de un viejo león.

A Arthur no le gusta la realidad, y es feliz durante la liberadora evasión del sueño; le agrada despertar en mitad de la noche y, perdida la noción del tiempo, comprobar que aún no se filtra la luz a través de las juntas de las contraventanas y que puede dormir un rato más. A veces no sabe dónde está, y tarda unos segundos en orientarse y en reconocer el entorno; suele ser después de despertar con la cabeza en los pies de la cama, después de haber girado sobre sí mismo y de haber perdido las exiguas referencias que lo sitúan en el mundo. Mira con extrañeza a su alrededor, duda si despierta de un sueño o regresa a él, y en ocasiones se alegra y llega a pensar que por fin ha terminado su desazón, que todo lo sucedido hasta entonces formaba parte de una vida ficticia.

—Dormir demasiado es un préstamo a la muerte —le decía su preceptor, un viejo sacerdote católico que su madre contrató para que llenara las lagunas de su entendimiento, y que él aceptó sólo durante unos meses—, una concesión de tiempo perdido en el que se extravían las ideas como niños ociosos.

Pero no es así para quien considera el sueño como un indulto diario y la vida consciente como una cárcel. No es así para quien se encierra en sí mismo y se equivoca pensando que tiene que huir del mundo, porque todo en el mundo lo juzga.

Arthur no sabe todavía que el hombre está solo, que no hay nada que le sea propio unos milímetros más allá de su piel, justo donde termina la delgada capa de calor que nos aísla y nos protege. Aún considera a la humanidad una confusa estructura orgánica similar a la que existe en un hormiguero, un todo viscoso del que le disgusta formar parte; si mirase a su alrededor sin miedo, desprovisto de prejuicios, sabría que su individualidad es la misma dentro y fuera de su habitación, dentro y fuera de su cama, en la intemperie de la calle o en medio de un sueño.

Abomina de la vulgaridad de los otros, cree conocerlos bien, saber que sólo los mueve un egoísmo infame. No quiere hundirse en su pozo de mezquindad, le gusta sentirse puro, elevar su entendimiento y entregarse a una forma sagrada de sabiduría. Si la fe hubiese penetrado en él en vez de hacerlo la literatura, tal vez habría explorado la mística.

Dormir lo exime de justificarse, sabe que mientras está dormido su juicio trabaja para reconfortarlo, que en sus noches nunca cristalizan los temores. Pero hoy no puede volver a dormirse, no con la facilidad de siempre; el sueño de su madre muerta y la vergüenza por su inmediata decepción al despertar ha conseguido desvelarlo. Siente frío en los pies, y dobla las rodillas para esconderlos bajo la manta. Es fuerte, y muy alto, apenas cabe en la cama, y todas las noches desbarata sin remedio la pulcra disposición de las sábanas que le prepara su madre. Ahora parece una crisálida enorme que se resiste a romper los límites de su encierro temporal e incorporarse a la vida, que no quiere abandonar su estado quiescente.

En esos momentos ni siquiera tiene la certeza de que sus músculos vayan a obedecerlo, como si lo aquejase una fatiga inmensa y resultara posible tal desconexión con la realidad que su cuerpo fuera uno más entre todos esos enseres inertes con los que comparte su habitación. Entonces siente que nada lo diferencia de un libro, de una silla o de una lámpara de gas, que es permanente e insensible como ellos.

—¡Vamos, Arthur! —vuelve a escuchar tras la puerta—. No vas a llegar a tiempo a la iglesia.

—Ve tú —contesta—. Yo no tengo fuerzas.

—Tienes que salir de casa, hijo, no puedes estar siempre ahí metido.

Oye con indolencia las pisadas de su madre alejándose por el pasillo. Ella no suele insistir, y él lo sabe. Ha sido derrotada tantas veces por la tozudez de su hijo que ha aprendido a ceder para salvar la convivencia, aunque esa concesión haya supuesto una pérdida irremediable de su autoridad.

Arthur cierra los ojos y desea que no sea hoy, que sea otro día cualquiera de la inmensa variedad de fechas que adornan el calendario. Ve el año como una rueda que gira caprichosa y alternativamente en ambos sentidos, como guiada por el vaivén de un péndulo macabro: el 3 de marzo, el 12 de abril, el 18 de agosto, cualquier día menos el 2 de diciembre. No quiere cumplir veinte años. Sabe que por hacerlo lo llamarán a filas.

—¿No vienes entonces? —escucha a lo lejos.

—No —susurra.

Y oye al instante cómo se cierra la puerta de la calle.

La casa vuelve a quedar en silencio, vuelve a convertirse en su santuario. Le gusta mantenerse inmóvil y saber que forma parte de un universo cerrado y tranquilo en el que sólo se oye el crujido esporádico de alguna madera.

Igual que le sucede siempre, dentro de unas horas se arrepentirá de su exclusión voluntaria, de vivir un día más de aislamiento, de no haber sentido la luz del sol en el rostro, de no haber visto a las muchachas pasear por el Volksgarten y no haber cruzado ninguna mirada con ellas, pero, sobre todo, de no haber escuchado una vez más el órgano en San Carlos Borromeo, porque allí el maestro de capilla suele tocar de forma admirable la *Tocata y fuga en re menor* de Johann Sebastian Bach, pero en ese momento la pereza lo aturde y le impide tomar ninguna decisión que implique el más mínimo movimiento. Todavía sin abrir los ojos piensa en la fuga; en el sujeto, en la respuesta, en su elegante reiteración de melodías, en la arquitectura soberbia de sus distintas tonalidades, y llega a escucharla dentro de su cabeza como ejecutada por un genio virtuoso, con esa forma de perfección acrisolada que sólo es posible en el mundo de las ideas. Arthur tiene cierto talento musical, compone piezas cortas desde los doce años, y toca el piano con una extraña eficacia de autodidacta, pero no ha llegado a progresar porque nunca ha querido someterse a la disciplina del estudio. En realidad, nunca ha querido someterse a ninguna disciplina. La conciencia de ser un rebelde, de ser el único en su generación que no ha aceptado el juego mendaz del orden social, con todas sus cláusulas y miramientos, le hace sentirse único; sabe que su exilio interior es a la vez un refugio y una condena, pero hace ya mucho tiempo que eso no le importa. La indudable comodidad de su situación actual ha vencido a los agoreros que le anunciaban su ruina. Si no hubiera visto fracasar a quienes le ponían por ejemplo, los argumentos de su madre podrían haber hecho mella en su voluntad, pero no ha sido así, porque nunca ha logrado admirar a nadie que haya sido un fiel seguidor de todos aquellos dictados morales viciados por la rutina. ¿Por qué ha de ser mejor madrugar que no hacerlo, estudiar álgebra y geometría que leer a Edgar Allan Poe? No encuentra un solo argumento que lo convenza de la ventaja de conocer la misa en latín, las cuatro virtudes cardinales y las tres virtudes teologales, pero ve como una brutal carencia no haber leído *La divina comedia.*

—*Vexilla regis prodeunt inferni* —se dice. Y da otra vuelta en la cama.

3

STEFAN ADLER ESTÁ BORRACHO. Ha hecho algunas fotografías a los detenidos del día, ha llegado cabizbajo hasta la taberna en la que recala a diario antes de ir a su casa, y su horizonte de hoy sólo es una tarde tediosa.

Bebe demasiado, y lo hace porque está solo, porque quiere consumirse en un fuego triste, privado y lenitivo, en una ausencia tranquila, lejos de las dentelladas de la aflicción. Le gusta perder la conciencia de sí mismo, escindir su pensamiento y contemplarse desde fuera, poder juzgarse y emitir una condena. Si él detectara en otro su actitud, sería muy severo en la crítica. Ya nada es como él lo había planificado, ni encuentra ningún motivo para tener esperanzas. No intenta frenar su declive.

La derrota final en la competencia con su padre lo había llevado mucho tiempo atrás al alcohol. Todo niño necesita vencer alguna vez a su padre, hacerlo humano para comprenderlo y comprenderse, para descubrir la materia vulgar de la que todos estamos hechos. La idealización del padre en la infancia es tan determinante como su caída en la adolescencia, así está escrito en la densa trama del subconsciente, aunque esa caída arrastre tras de sí el respeto y el cariño, dos conceptos sin duda estimables, pero prescindibles. Su padre había muerto sin concederle una victoria, dejándolo ansioso por un reconocimiento que a su criterio nunca terminó de llegar. En su juventud deseó ser pintor como él, como el gran Sebastián Adler; admiraba en silencio su capacidad para captar la luz de un instante, para recrear el cuerpo humano sin modelo, para hacer surgir colores veraces en su caótica paleta de óleos, pero la naturaleza no llegó a bendecirlos con las mismas capacidades. Mientras su padre triunfaba en las salas de exposiciones, él empezaba a beber en las tabernas de Grinzing imaginando lo alto que llegaría su fama cuando el tiempo y las circunstancias le permitieran desarrollar toda su capacidad. En esos días Stefan era demasiado joven para saber que el talento se reparte de forma cicatera y caprichosa, pero que las debilidades nos alcanzan a todos.

Cuando faltó su padre quiso llenar su vacío. Recibió al principio la simpatía de algunos galeristas, que creyeron seguir tratando con el genio del padre a través de la elocuencia del hijo, pero sus cuadros eran demasiado académicos y no se vendían. En poco tiempo sólo le quedaban los puestos callejeros y la venta esporádica a algunos amigos, siempre a los mismos. Dejó de firmar como S. Adler para no confundir más a los seguidores de su padre y empezó a hacerlo como Stefan A. Hasta un día revelador en el que salió al campo para pintar un molino de agua. Trabajó sobre el lienzo toda la mañana con un empeño digno del mejor propósito, con la ilusión de hacer algo que pusiera en la cara de los galeristas la misma expresión de aturdimiento que tiempo atrás había percibido ante las obras de su padre, pero al ver el resultado rasgó la tela, vendió los óleos y los pinceles y decidió no volver a pintar jamás. Entendió que aquel desmañado boceto era también un aviso, y que no sería prudente ignorarlo.

Vivió algún tiempo de la herencia de su padre, pero Sebastián Adler, que había sido un fiel amigo de la intensidad, consumió en vida la mayor parte de sus ingresos, y tras su muerte, Stefan no quiso deshacerse de sus mejores cuadros.

En aquellos años empezaba a extenderse el uso de la fotografía, una técnica fascinante, instalada en los límites de lo mágico, que atrapaba la realidad y la hacía perdurar dejando fragmentos estáticos del pasado a disposición de las generaciones venideras. Comprendió que había en ella un refugio para quien como él conociera las leyes de la composición y de la perspectiva, para alguien que fuera capaz de ver la belleza que se camufla en lo cotidiano y de destacar lo esencial entre el magma gris de lo accesorio. Gastó sus ahorros en un equipo Eastman de segunda mano y decidió empezar de nuevo.

Al mes de realizar su pedido, Stefan recibió desde Rochester la cámara Kodak Improved Nº 5, con diafragma obturador de Bausch & Lomb, un modelo plegable de 1897, algo anticuado, pero con un amplio rango de exposiciones y capaz de realizar cien fotografías sin necesidad de recargar. El equipo también incluía una lente estereoscópica, otra de gran angular y un trípode.

Alquiló un piso modesto en la calle Weihburg y montó en él un pequeño estudio y un cuarto de revelado para la moderna película de celulosa. Empezó haciendo retratos sencillos, pero que tuvieron mucha aceptación; aprendió a reducir la distorsión de la perspectiva aumentando la distancia focal, y comprobó que la menor convergencia de la imagen minimizaba los defectos de la piel y beneficiaba la armonía de los rostros. Fue así como su trabajo empezó a ganar cierto prestigio entre sus vecinos. En poco tiempo, el estudio de Stefan Adler se convirtió en una referencia en Viena, y no era extraño que lo llamaran de las residencias más nobles para que inmortalizara en ellas a las grandes damas, a los ministros del emperador y a los miembros de la aristocracia.Compró más cámaras, alguna de ellas portátil, y otro juego de objetivos; se convirtió en un experto en los detalles técnicos de las lentes, en la manipulación de la luz combinando las distintas velocidades de obturación con el rango de aberturas de un diafragma, en los límites de la profundidad de campo, en las leyes básicas de la óptica.

Eso fue hace mucho tiempo. Antes del error de su matrimonio, antes de su fría separación y antes de que el alcohol y una melancolía implacable le devoraran las entrañas.

Ahora es el fotógrafo que retrata a los delincuentes en la prisión de Sarajevo una vez que son detenidos; la policía los identifica, les abre una ficha y cuando han conseguido su confesión avisan a Stefan para que atrape su imagen, a menudo lastimada, y la archive junto a sus datos personales en el Registro General de Perturbadores del Orden Público; él ha intentado invertir el proceso, retratar al preso antes de que se obtenga su confesión para que la imagen no muestre siempre el resultado de un maltrato, pero no ha conseguido convencer a sus superiores.

—¿Qué piensa usted, Adler? —llegaron a decirle—. ¿Cree que sigue retratando señoritas en su estudio de Viena?

A veces son asesinos, casi siempre ladrones, estafadores, anarquistas, algún violador... Agrupa las copias de sus imágenes en distintas cajas de cartón que rotula y clasifica por categorías psicológicas que él mismo define: «violentos», «lujuriosos», «maniáticos», «perturbados», «marginales», y que luego revisa a la búsqueda infructuosa de algún rasgo que le permita predecir en el futuro el comportamiento delictivo a partir sólo de la observación de unas facciones, pero nunca ha llegado a ninguna conclusión determinante, al menos a ninguna que pueda demostrar a la comunidad científica, porque él tiene el firme convencimiento de que el rostro se forma a partir del mismo sustrato primigenio que la conciencia, que por algún mecanismo natural, todavía desconocido, los rasgos faciales emanan de los pliegues del alma.

Entre sus hallazgos fisiognómicos cree haber descubierto que la nariz larga y afilada es más frecuente en los asesinos que en los ladrones, y que la proptosis ocular acompaña por igual a los sicalípticos y a los impetuosos, pero que es raro encontrarla en los merodeadores. Desconoce el motivo, pero ha observado que los rasgos más armónicos, las frentes rectangulares y despejadas, las orejas pequeñas y los dientes bien ordenados no son característicos de ninguna patología psicológica, y sin embargo suele encontrarse en anarquistas y alborotadores. Eso le ha hecho pensar que hay formas delictivas inevitables, que están inscritas sin remedio en los rudimentos de la personalidad, pero que otras son fruto de la irreflexión o del desconcierto.

Cuando retrata a Gavrilo Princip no percibe maldad en su semblante. Tal vez sí enajenación, e inmadurez, o una falta de afecto en la infancia que ha derivado en un doloroso grito de reivindicación, pero no maldad. Cree que en otro ambiente, bajo otras influencias, Gavrilo habría sido una persona normal y su comportamiento no habría diferido del de cualquier joven de su edad. Piensa que su fervor nacionalista, como cualquier apasionamiento político en un joven sin más experiencia que la transmitida por la endogamia de unas relaciones demasiado cerradas, es una impostura, una búsqueda de la aceptación en el grupo, o una forma de llamar la atención. Ve en él un ejemplo de conciencia manipulada por quienes tienen la pérfida habilidad de trasladar a los demás sus ambiciones y convertirlos en los instrumentos de sus delirios. Mide la distancia intercantal, el espesor del labio superior, y perfila el pliegue nasogeniano. Calcula los lados del triángulo que forman los márgenes de las órbitas con el filtrum y proyecta sobre el rostro las líneas de Parera y el arco de Cupido. Toma algunas notas, en las que detalla que Gavrilo combina los labios finos con una nariz ancha y las cejas separadas, rasgos que sugieren una persona con escaso entusiasmo por la vida, tendente a los excesos y propensa a dejarse influenciar; pone la copia de su fotografía en una caja que está etiquetada como «indeterminados» y bebe otro vaso de Riesling.

4

ARTHUR KLAMMER abre definitivamente los ojos a mediodía. Tiene la costumbre de prolongar la jornada con lecturas a horas intempestivas, y con la reiteración ha distorsionado su reloj biológico, de forma que vive el amanecer a mediodía, el atardecer durante la noche y tiene su máximo nivel de actividad en la madrugada, cuando todos los demás están dormidos. Se ha transformado en un lobo solitario que vaga por la quietud insomne de sus dominios, allí donde nadie lo molesta. Duerme durante las horas de luz y con ello evita el enfrentamiento constante con su madre. Lee en una calma hermética a Nietzsche y a Schopenhauer, y se divierte persiguiendo circunloquios en la obra inmensa de Proust. Luego se duerme con el libro abierto sobre el pecho, como un mendigo que encuentra un inesperado refugio y se derrumba agotado ante él. Le gusta pensar que también llegará a ser escritor, y que desarrollará una obra original, profunda y memorable, ajena al aburrimiento, llena de conflictos y de pasiones, de grandeza y de sacrificios, tal vez semejante a la de Shakespeare, o quizá a la de Flaubert, porque se encerrará a escribir como él, vivirá solo, privado de relaciones, como un eremita, y una vez al año, apenas durante unas semanas, descansará, visitará a las rameras del barrio de la ópera y follará y fumará opio con ellas. No se imagina una vida mejor que la del gran Gustave Flaubert, plena de lúcida soledad, bendecida por la inspiración y salpicada por la lujuria.

No está orgulloso de esa pereza matinal; cuando mira por la ventana y ve un día luminoso, con el sol ya en la mitad de su camino, tiene una desazonadora sensación de pérdida. La vida está empezando a parecerle algo ajeno, algo que sucede fuera de su casa mientras él se pierde en los detalles menos trascendentes. A veces siente ganas de romper con su rutina y experimentar cómo sería pensar y vivir de otra forma, sin depender para todo de su madre; fantasea con esa idea, pero nunca se decide a ejecutarla, acaso porque está esperando desde siempre ese suceso fortuito que devolverá todo el entorno a un orden anterior, casi perdido en su memoria. Arthur percibe que nada es como a él le gustaría que fuera, ni siquiera él mismo, y que de las posibilidades que se han ido abriendo ante sí, ha habido muy pocas que le hayan resultado placenteras.

No ve ninguna culpa en su comportamiento, su situación actual es una consecuencia lógica del pasado, igual que su futuro habrá de ser el previsible resultado del presente; si quiere cambiarlo, sólo tendrá que actuar sobre él.

Sabe que vendrán a buscarlo. Sabe que su país está en guerra y que, aunque eso a él no le importe, lo obligarán a ponerse un uniforme y a portar un arma. Sabe que lo subirán en un tren hacinado de reclutas y que lo llevarán al frente, y que allí tendrá que arrastrarse por el barro para intentar matar a otros jóvenes tan confundidos y tan ajenos a la política como él. Tal vez sea él quien muera, y antes de que eso suceda conocerá el verdadero frío, y el verdadero miedo, y sentirá muchas veces repugnancia por el miserable teatro de la guerra. De hecho, la muerte le parece el escenario más previsible para un novato como él arrojado al frente: no sabrá eludir las peores posiciones como los más veteranos, ni defenderse con la bayoneta calada en un enfrentamiento cuerpo a cuerpo, ni su puntería estará tan afinada como la de sus enemigos, cansados ya de matar austriacos cuando él se les ponga a tiro.

A veces piensa en el suicidio. En el futuro decapitado. Y percibe un extraño alivio cuando lo hace, porque ya sólo en ese reducto se siente el dueño de su propia vida. No quiere resignarse a que sean otros los que elijan la hora de su muerte. Sin embargo, nunca ha llegado a empuñar con decisión un cuchillo, a acercarlo a su muñeca para abrir en ella una herida irreparable. Todo son conjeturas en torno a una forma sublime de huida, a un ocaso sin cadáver, a una liberación intelectual que es una trampa para incautos. Arthur es muy joven, pero está impregnado de nihilismo y ya sospecha que la muerte es única y definitiva, sin esperanza de una segunda oportunidad, que el tránsito glorioso de las almas hacia la eternidad sólo existe en las cabezas de los ignorantes y los supersticiosos. Quiere vivir, aunque su existencia sea un monólogo frente a las páginas de un libro, aunque no sepa aún en qué va a emplear su tiempo.

Su única certeza es que no quiere transitar por el camino de otros, no quiere hacer lo que todos esperan que haga ni satisfacer las absurdas demandas de los biempensantes; su madre se lo reprocha, pero Arthur no interpreta esa actitud como una rebeldía, sino como una autoafirmación: si él no pretende interferir en la vida de nadie, no entiende que los demás tengan derecho a hacerlo en la suya. Ya tiene la suficiente edad para saber que la sociedad castiga con poca clemencia a quienes se apartan de las normas, que debería entrar en el monótono engranaje de la disciplina y el trabajo si quiere acabar la semana con unas monedas en el bolsillo, pero mantiene una fe indeleble en su capacidad de improvisación, en el potencial de un talento poco frecuente y todavía sin descubrir.

En esos primeros instantes de su jornada siente una extraña lucidez que le permite anticipar los sucesos, convertirse en un profeta de lo inmediato; le ha sucedido muchas veces, y aunque es consciente de que nunca yerra, son predicciones inútiles, porque preceden a los hechos apenas unos minutos: ahora cesará el viento, ahora regresará mi madre de la iglesia, ahora llamarán a la puerta y un suboficial pletórico de patriotismo nos entregará la hoja del llamamiento a filas:

El emperador Francisco José I de Habsburgo-Lorena, y en su nombre el ministro de la Guerra, tienen el privilegio de comunicarle que cumplida su mayoría de edad se presentará en la comandancia del sexto cuerpo del segundo ejército el amanecer del tercer día desde la recepción de esta carta. El incumplimiento de este deber lo hará responsable de los delitos de desobediencia y deserción, que acarrean el deshonor y habrán de ser castigados conforme a las leyes militares.

En Viena, a dos de diciembre de mil novecientos catorce.

Arthur odia la prosa castrense. No ha salido todavía de la cama, nunca ha estado en un cuartel y ya reniega del ejército como si hubiera ingerido y vomitado su rancho cien veces, porque algo le dice que el cumplimiento de su última profecía es inminente.

Cesa el viento, que calla igual que una vieja respetuosa ante el paso de un cadáver. Su madre vuelve a casa y él oye el apresurado vaivén de sus pisadas en la planta baja. Después de un instante vacío que Arthur habría deseado perpetuo, suenan tres fuertes golpes de aldaba en la puerta.

5

STEFAN ADLER recoge el sobre que el cartero ha deslizado esa misma mañana bajo la puerta. Le duele la cabeza por los excesos de la noche anterior, y al agacharse siente como si le clavaran cientos de agujas en la nuca. En el remite, escrito con una caligrafía clásica y elegante, hay un nombre de mujer que le resulta lejanamente familiar: Baronesa Elisabeth Molker. Cree recordar que estuvo alguna vez en su casa, fotografiándola a ella o a alguien de su extensa familia, una de las más influyentes de la aristocracia. No puede asegurarlo, ni le apetece buscarla en los marchitos recovecos de su memoria. Dentro del sobre hay una sola cuartilla doblada por el centro de la que emana un perfume ligero, un sutil aroma a violetas que le hace detenerse y pensar en su madre, en una distante evocación de su infancia; el texto está encabezado por el sello de las Damas de la Cruz Roja:

Estimado señor Adler:

Las Damas de la Cruz Roja conocemos y admiramos su trabajo, algunas, yo me incluyo entre ellas, hemos sido fotografiadas por usted en Viena, y podemos dar fe de su profesionalidad y de su buen hacer.

Ahora que nuestro amado imperio está en guerra, todos tenemos la ocasión, y también el compromiso, de colaborar con el ejército en todo aquello que esté a nuestro alcance. La Cruz Roja, usted ya lo sabe, atiende a los heridos en las batallas de cualquier guerra desde que el 24 de junio de 1859 Henry Dunant, nuestro admirado fundador, lo hiciera con los heridos de la trágica batalla de Solferino.

Pero el sufrimiento físico de nuestros soldados heridos no puede compararse al dolor irreparable de unos padres que pierden a un hijo. Y eso, por desgracia, sucede hoy con demasiada frecuencia. La naturaleza no nos prepara para esa grave alteración en el orden lógico de los acontecimientos, por eso, cuando tal hecho sucede, debemos reaccionar y estar al lado de quien más sufre.

Las circunstancias invitan a que cada uno de nosotros dé lo mejor de sí para aliviar el desconsuelo de nuestros compatriotas. Si está interesado en colaborar con nosotras en el caritativo principio de mitigar la profunda pena de esos padres, le rogamos que nos visite sin mayor demora en la sede de nuestra sociedad.

Suya afectísima,

Baronesa Elisabeth Molker

Stefan dobla la cuartilla y vuelve a introducirla en el sobre. ¿Cómo puede ayudar un simple fotógrafo a los padres que han perdido a un hijo? Su país está en guerra, él tiene casi cincuenta años y muy a su pesar ya no es útil en el frente, pero tal vez podría serlo colaborando con la Cruz Roja. Se considera un buen austriaco, ajeno a cualquier posición radical, pero deseoso de que la guerra termine y que lo haga a favor de su patria. Siente curiosidad por conocer los detalles de la propuesta, y la idea de ayudar, aunque es imprecisa, no le desagrada.

Guarda el sobre y decide volver a dormir; las agujas siguen clavadas en su nuca y no le permiten pensar.

A la mañana siguiente, Stefan se viste con su mejor traje y se presenta en la sede de la Sociedad de Damas de la Cruz Roja.

—He recibido esta carta de la baronesa Elisabeth Molker, y me gustaría hablar con ella.

—Espere aquí un instante, ¿señor...?

—Adler. Stefan Adler.

La joven dama de gris sale en busca de Elisabeth Molker y Stefan la sigue con la mirada.

—Una mujer atractiva —piensa, y encuentra en la abundante compañía femenina dentro de la Cruz

Roja un motivo más para implicarse en la extraña proposición de la baronesa Molker.

—Puede pasar al gabinete, señor Adler.

Stefan cruza el pasillo hacia la dama de gris, esboza una sonrisa de reconocimiento al pasar a su lado y entra en el gabinete. La estancia parece la sala de un museo romántico, hay cuadros de grandes dimensiones, todos del siglo pasado, con atardeceres rojos, aburridas partidas de caza, escenas bucólicas y paisajes imposibles; el mobiliario es de maderas nobles, de una calidad indudable, pero algo recargado, y el suelo está cubierto por una enorme alfombra persa con decoración curvilínea.

—Pase, señor Adler —le dice la baronesa—. Todo son donaciones. Nos ayudan las mejores familias de Sarajevo.

Stefan supone que para la baronesa las mejores familias de Sarajevo son las más adineradas, no las más piadosas, ni las más prudentes, sino las que tienen más dinero desde hace más generaciones y han podido pagar una educación cara y sofisticada para sus hijos; ha oído algunas veces esa expresión, siempre en labios de un poderoso, y le resulta ofensiva. Reconoce de inmediato a Elisabeth Molker. Es una mujer muy elegante, más joven que él, pero desde luego mayor de cuarenta años, la intuye algo apagada, quizá vencida por alguna enfermedad o por algún duelo; la retrató hace mucho tiempo, cuando él era un artista prometedor y ella estaba en la plenitud de su belleza. Cuando posó para él en el salón de baile de su residencia de verano, le pareció una diosa inaccesible, una de esas mujeres fascinantes que obsequian a los demás con su presencia pero les regatean sus afectos; sin embargo, ahora la adorna cierta debilidad decadente que la hace cercana. Le gustaría volver a fotografiarla y poner una imagen junto a la otra para buscar el sitio exacto en el que se han producido los cambios, para comprobar si es en la forma de los ojos, o en la comisura de los labios. Se aproxima sonriéndola y le besa la mano.

—No veo sitio por aquí para mis fotografías —ironiza Stefan.

—No sea bromista conmigo. Siéntese, por favor. ¿Puedo ofrecerle una taza de té?

Stefan acepta y se sienta en un sillón aterciopelado que le parece digno de albergar las posaderas de un conde.

—¿Por qué cerró su estudio fotográfico de Viena? Muchos pensábamos que era usted el mejor retratista de la ciudad.

—Algunas cosas no salieron como yo las había previsto.

—¿Soy muy atrevida si le pregunto cuáles?

—Mi matrimonio.

—Perdóneme, no he querido incomodarlo, pensaba que se refería a algún asunto profesional.

—No tiene importancia, baronesa. Sucedió hace mucho tiempo. Dígame para qué me necesita.

—Verá, señor Adler, lo que voy a plantearle va a parecerle tremendamente inusual, tal vez una excentricidad, o una broma de gusto dudoso, pero lo hemos meditado mucho y creemos que responde a un noble propósito. Quiero que escuche mi ofrecimiento sin prejuicios, y que no me conteste hoy; me gustaría que lo meditara y que volviera a verme dentro de unos días con su respuesta.

—De acuerdo —contesta Stefan mientras la dama de gris le sirve una taza de té y él se fija en la contenida sensualidad de sus curvas—. Siento verdadera intriga por saber qué me propone.

—Como sabe, esta guerra está siendo especialmente cruenta —dice la baronesa afectando el tono—. No había tantos muertos y tantos heridos desde las Guerras Napoleónicas. Nuestros muchachos mueren a cientos en las trincheras y en los campos minados, y cuando esto sucede, se los entierra en fosas comunes y todo lo que reciben los padres es un frío telegrama del estado mayor. Muchas de nosotras somos madres y tenemos a algún hijo en el frente, y puedo decirle que es descorazonador que el último recuerdo de ellos sea un pequeño trozo de papel con una frase impersonal.

—Así es en todas las guerras.

—Pero eso no significa que esté bien. Queremos que algunas familias, no todas porque el trabajo sería ingente, reciban algo más que ese telegrama: queremos que reciban una fotografía de su hijo.

—¿De su hijo... muerto? —pregunta Stefan con asombro.

—De su hijo muerto, lavado, reparadas las heridas, vestido con un uniforme impoluto, en una fotografía enmarcada.

Stefan guarda silencio. La proposición le produce rechazo, pero ha dado su palabra y debe meditarla.

—No le gusta la idea, ¿verdad? A mí tampoco me gustó al principio, cuando una de mis compañeras la propuso en la junta, pero hace algo más de una semana recibí ese terrible telegrama del estado mayor, y mientras me derrumbaba, mientras la idea del cadáver de mi hijo destrozado y perdido en algún campo helado de Serbia me asfixiaba, pensé que habría preferido mil veces ver su rostro una vez más, recordarlo sereno y ajeno al dolor. Mi hijo no se hizo ninguna fotografía en vida, ni lo retrató nunca ningún pintor, y por eso su rostro se irá difuminando en mi memoria, se irá borrando como un viejo boceto dejado a la intemperie, hasta que ya no sea capaz de evocarlo. Stefan, si hubiera tenido ese retrato, su imagen habría seguido conmigo y yo me habría engañado para siempre pensando que se lo hicieron cuando estaba dormido.

6

EL TREN TIENE HORA de salida de la estación de Viena a las siete y cuarenta y cinco minutos de la mañana. Arthur Klammer es un recluta más en el sofocante gentío del andén. A pesar de su insistencia, no ha permitido a su madre que fuera a despedirlo, y ella se ha quedado llorando, sentada a solas en la escalera de su casa. Arthur está rodeado de besos y abrazos ajenos, de despedidas entre emocionadas y grotescas, y se alegra de su independencia, de no tener que demostrar en público sus sentimientos. Esos extremos de puerilidad en el ser humano le resultan despreciables.

Sube al vagón en cuanto el tren se detiene, y consigue un buen sitio en el banco de madera junto a la ventana. Piensa que allí el trayecto será menos tedioso, que podrá entretenerse mirando el paisaje, pero también sospecha que tendrá dificultades si sus tripas o su vejiga le plantean alguna urgencia.

Contempla el reiterativo espectáculo de los adioses y las lágrimas con suficiencia, como si él llegara con la lección aprendida y hubiera solventado mejor que el resto de los reclutas la misma situación. No sabe que su madre sigue llorando en su casa, ni sospecha que se habría sentido reconfortada compartiendo su miedo con otras madres, viendo en ellas el reflejo de su propio dolor, porque Arthur, cuando toma una decisión, es capaz de anular cualquier razonamiento que pueda hacerle regresar sobre sus pasos. Nunca recapacita.

El vagón se llena poco a poco de soldados que buscan las ventanas para prolongar el trato con los suyos un instante más; algunos lo saludan, otros lo ignoran, pero todos le molestan. Él mira sus caras, entre emocionadas y orgullosas, prendidas todavía al andén por un hilo invisible. En poco más de media hora el compartimiento es un hervidero humano, un espacio angosto lleno de bultos y de torpezas en el que parece imposible convivir. Acostumbrado a no compartir su espacio con nadie, a gobernar su tiempo y sus movimientos con una libertad completa, semejante aglomeración se le antoja una fastidiosa pérdida de intimidad.

Cuando la locomotora se pone en marcha entre pitidos, lamentos mecánicos y enormes masas de vapor que inundan los andenes, algunos soldados salen al pasillo y alivian la tensión con chistes ordinarios, canciones populares y consignas patrióticas. Se producen los primeros intentos por destacar en el grupo, por conseguir un sitio en los primeros puestos de la manada. No hay una gran diferencia entre el comportamiento de los humanos y el del resto de los mamíferos; el macho dominante se hará con el respeto del grupo, y debajo de él se irán ordenando los demás según una jerarquía primitiva, basada en los sencillos principios de la fuerza y la sumisión. Hay quien pretende sobresalir hablando más alto, o provocando la risa, o burlándose de aquellos que se muestran más débiles o temerosos. Al escucharlos, Arthur confirma sus peores sospechas: está rodeado de insensatos. Ninguno de los que están ahora en ese tren sabrá cómo ayudar a ganar la guerra, no tendrán ninguna responsabilidad en la victoria ni deudas en la derrota, porque las guerras se ganan y se pierden en los despachos donde se dirimen las alianzas, en los laboratorios de los ingenieros y en las cabezas de los estrategas, pero no en una zanja defendiendo con bravuconadas una bandera.

Arthur abandona la mirada en la sucesión de imágenes de las afueras de Viena que se despliega ante sus ojos cansados. La vida de los demás le parece plácida y estática desde el tren, llena de una amable monotonía; ve una vieja fábrica de telas, una granja avícola, un interminable bosque de coníferas que prolonga su manto verde hasta perderse en el horizonte. Mira a los campesinos trabajar y los envidia, porque ellos no van al frente; ignora la dureza de su jornada y la ingratitud de la tierra, sólo los ve moverse despacio y sin ningún esfuerzo aparente, inmersos en una rutina silenciosa y benévola. Entonces recuerda que en otras ocasiones, durante algún largo paseo, ha sido él quien ha mirado al tren y ha envidiado a sus viajeros sin ni siquiera conocer sus destinos. En su adolescencia le gustaba adivinar hacia dónde se dirigían los trenes según la dirección que llevaban, si sería hacia Múnich, atravesando los bosques de Baviera, o hacia Praga, en el húmedo corazón de Bohemia, y qué tipos de personas viajaban dentro: amantes, artistas, aventureros; no pensaba en dolorosas separaciones, en movimientos de tropas ni en aburridos viajes comerciales, sino en trayectos lúdicos, en pasiones febriles, en huidas cómplices a bordo de aquellos oscuros monstruos metálicos.

—Una triste paradoja —se dice—, siempre envidio al que no está en mi posición.

Vuelve la cabeza y observa a sus compañeros de compartimiento con una curiosidad de entomólogo. El espectáculo que ofrecen le parece mucho más interesante que el de la naturaleza salvaje. Han pasado menos de dos horas en el tren y ya han dimitido de su entusiasmo de recién llegados. Nadie canta a la grandeza austriaca ni al enardecido valor de los soldados de su imperio, nadie se jacta ya de la modernidad de Viena, ni la compara con el rudo provincianismo de las ciudades balcánicas; muchos tienen la mirada perdida y delatan su desasosiego; algunos duermen, y en la mueca de su sueño Arthur ve dibujada su simpleza; otros bisbisean alguna oración, y el que está sentado frente a él, un muchacho pelirrojo, lee un pequeño libro encuadernado en tela gris del que, a pesar de intentarlo, no llega a distinguir el título.

—*Macbeth* —le dice el pelirrojo.

—Adoro esa obra —contesta Arthur—. Es la primera que leí de Shakespeare. Me sé fragmentos de memoria; creo que el más propicio para hoy es: «Jamás vi un día tan hermoso y cruel a la vez». Me llamo Arthur.

—Encantado. Soy Francisco José.

—¿Como el emperador? —pregunta Arthur sonriendo.

—Sí, como el emperador. ¿Te parece gracioso?

—No... Bueno, sí, un poco. Discúlpame.

—No importa, a mí también me parece gracioso. Llámame Franz.

—¿Tienes novia?

—Sí.

—¿Cómo se llama?

—Berta.

—Eso me tranquiliza —sentencia Arthur.

—¿Por qué?

—Si se llamara Sissi nos haríamos famosos en todo el regimiento.

Los muchachos ríen porque sospechan que acaba de nacer una amistad entre ellos, una de esas amistades que crecen deprisa y se hacen fuertes en la adversidad, y lo hacen como si el tren no los llevara en busca de las balas de los serbios, o como si a partir de entonces, por alguna influencia mutua, mágica e inexplicable, les fuera a ser más fácil esquivarlas.

7

DE REGRESO A SU CASA, Stefan no deja de pensar en la extravagante proposición de la baronesa Molker. Sabe que en algunos lugares de Europa, casi siempre en zonas rurales, donde el arte de la fotografía tiene aún evocaciones mágicas, se hacen retratos a los difuntos, casi siempre a ellos solos, simulando que están dormidos o en una actitud de reposo, y en ocasiones muy arreglados y con los ojos abiertos, en medio de una extraviada composición familiar. Recuerda en concreto algunas imágenes de finales de siglo, niños de aire triste, con la mirada perdida y sin ninguna expresión, de la época del daguerrotipo, cuando los largos tiempos necesarios para impresionar las placas fotosensibles convirtieron a los cadáveres en unos modelos fáciles de retratar. Cree que el único papel de esas tétricas imágenes, en las que siempre parecen estar a punto de aflorar los primeros signos de la descomposición, es actuar a modo de recordatorio, como esquelas ilustradas que una vez recibidas se deslizan para siempre entre las páginas de un misal, no para enmarcarlas y colgarlas en algún lugar preeminente. Le parece una práctica siniestra que el tiempo relegará al olvido. No consigue entender esa forma de alivio macabro que consiste en imaginar sereno y dormido a un muerto. A él no le gustaría tener a la vista el cadáver de sus padres, la sola idea le produce aprensión, y también cierta repugnancia; al verlos los imaginaría desecados, con la piel tensa y marrón, a punto de romperse, como la de las momias egipcias, con los ojos hundidos y dos huecos oscuros en sus órbitas por los que transitarían esos pequeños insectos, necesarios, múltiples y nauseabundos, que componen las hordas de la muerte.

Stefan sospecha que tiene muy poca utilidad pensar en todo aquello que se extingue, ni en su descarnada evidencia ni en su obsceno proceso, que ante la pérdida de un ser querido es recomendable sellar un pacto de ausencia, un callado propósito de olvido voluntario, pues sólo de esa forma su forzoso veredicto resulta tolerable. Piensa que la convivencia con la imagen del muerto invita a especular sobre su dudosa presencia en el mundo, a creer que desde detrás de su imagen nos observa y nos juzga, a buscar su aprobación o su complicidad, incluso a engañarlo cuando nuestro comportamiento no coincida con los principios que le suponíamos.

—Qué lúgubre contrasentido —reflexiona—, comunicarnos con alguien que ya no nos escucha, alguien a quien tal vez ignoramos en vida.

Decide rechazar la oferta, y asume su postura apartando de sí cualquier consideración basada en una misericordia mal entendida. Cree que se debe dejar marchar a los muertos, anular su espacio en nuestro entendimiento y permitir que prosperen en él nuevas ideas; no quiere favorecer una vida escrutada por miradas vacías, siempre dominada por los cadáveres.

Avanza decidido hacia la prisión, tiene que acudir allí cada jornada para retratar a los detenidos del día. No le gusta su trabajo, pero se lo pagan bien y le permite disponer de mucho tiempo libre, que consume en beber, en fantasear con alguna camarera y en desarrollar su compleja teoría fisiognómica.

En su camino se siente aliviado por haber tomado una decisión que sabe correcta; pero esa alegría se empaña cuando piensa en la decepción de la baronesa, en la tristeza por su hijo ausente, perforado por las balas.

—Sería distinto si esos chicos estuvieran vivos —se dice—, si pudiera fotografiarlos antes de su marcha al frente, entonces sí que generarían un recuerdo agradable en sus padres.

Pero intuye que ése es un gasto que el ejército no va a asumir, que en tiempo de guerra no hay dinero para sentimentalismos.

Entra en la cárcel ante la mirada de hielo de los guardianes, deja la chaqueta sobre una silla y baja las escaleras de piedra hasta el patio de las mazmorras.

—Sólo hay uno —le dice el ujier.

Y ve a través de los barrotes a un muchacho inconsciente y lleno de sangre, alguien que ha sido brutalmente apaleado.

El ujier abre la celda y le dedica al joven una sucinta mirada de desprecio.

—Ayúdame a colocarlo —le dice Stefan.

Entre los dos sientan al muchacho en un taburete metálico ante una pared desnuda. Es una marioneta blanda y sin hilos. Tiene rotas la mandíbula y la nariz, y al respirar se forman densas pompas de sangre y moco junto a su boca.

Stefan monta la cámara sobre el trípode mientras el ujier mantiene al preso erguido sosteniéndolo por un hombro. Antes de abrir el obturador mira el cuadro, piensa que el espectáculo es lamentable y vuelve a cubrir la cámara.

—Vamos a lavarlo.

—¿A lavarlo? —pregunta extrañado el ujier—. Nunca los lavamos.

—Trae una esponja y un barreño con agua, por favor. No se le puede reconocer debajo de tanta sangre.

El ujier obedece a regañadientes, y sale a buscar lo solicitado por Stefan maldiciendo su fortuna en voz baja.

—Reconocerlo, reconocerlo..., ¿quién va a querer reconocerlo?

Stefan sumerge la esponja en el agua y lava con ella las heridas del preso; retira los coágulos de la nariz, le despeja la frente y le limpia los ojos; aclara la esponja y tiñe de rojo el agua del barreño. Repite la operación, le extrae un diente roto de la boca, frota suavemente los pómulos y la barbilla y descubre que es muy joven, que apenas tiene vello en el rostro, bien podría ser uno de esos chicos de veinte años que el emperador manda a la guerra. Le retira el pelo de la cara, un largo mechón rubio del que debió de presumir en el pasado, lo seca con una vieja toalla y le acerca un poco de agua limpia a los labios, que él bebe con premura. Luego le quita la camisa, que está ensangrentada y pegada a las heridas, le lava el torso y los brazos y le pone el blusón usado de uno de los reclusos.

—¿Qué ha hecho éste? —pregunta Stefan mientras termina de abotonarlo.

—Es un prófugo del ejército. Un cobarde. Mañana lo ejecutan. No deberías tomarte tantas molestias con él.

—¿Sabes su nombre?

—Wolfgang... algo, no recuerdo el apellido.

El muchacho está recuperando la conciencia y escucha las insensibles palabras del ujier. Ya se mantiene erguido sin ayuda sobre el taburete. Entreabre los ojos y respira de forma más regular. Con un gesto apenas perceptible mira a Stefan y le agradece sus cuidados. Stefan esboza una sonrisa, regresa a la cámara y vuelve a mirar el cuadro.

«Si su madre lo viera tal como está ahora —piensa—, tal vez pueda recordarlo en el futuro ajeno a tanto sufrimiento.»

A la mañana siguiente, quizá a la misma hora en la que ejecutan al joven Wolfgang, después de haber renunciado a su puesto en la prisión y de haber dejado una copia del retrato del muchacho en el domicilio de sus padres, Stefan Adler acude al gabinete de la baronesa Molker y firma un compromiso de un año como fotógrafo de cadáveres de la Cruz Roja.

8

EL TREN SE DETIENE en Graz, y un sargento sube al compartimiento en el que viaja Arthur. Algunos reclutas se levantan, unos pocos intentan un torpe saludo marcial, pero él se muestra indiferente, sólo quiere contarlos.

—¡Salid fuera y manteneos juntos en el andén! ¡Vamos a pasar aquí la noche!

Arthur y Franz recogen sus bultos y salen; una vez en el andén procuran no separarse. Alrededor de ese incipiente liderazgo se organiza el grupo que compartía con ellos el vagón. Se miran los unos a los otros y se descubren como una pequeña parte de un inmenso colectivo desorientado que abarrota la estación. Arthur no ha visto un grupo tan numeroso y tan desvalido desde sus días de la escuela. No hay diferencia entre ellos y un grupo de párvulos.

—Siguen siendo doscientos setenta y cuatro —le dice el sargento a un teniente que observa el grupo en silencio.

Arthur piensa que un hombre puede perderlo todo menos su identidad, que ningún suceso es bueno cuando se convierte a las personas en números.

—Muy bien —contesta el teniente—. Llévelos a los hangares.

El sargento y dos cabos organizan aquella inmensa fanfarria de ruido y desconcierto haciendo formar a los hombres en columnas de a cuatro, les explican a gritos que pasarán esa noche en los hangares de la estación y que al día siguiente, cuando se unan a ellos los reclutas de Graz, seguirán el viaje hacia Zagreb, donde recibirán la instrucción que los convertirá en soldados. Desde ese mismo momento está prohibido beber. Está prohibido el juego. Están prohibidas las peleas. Está prohibido cualquier ruido después del toque de silencio.

—¡Son ustedes parte del ejército imperial, y se espera que mantengan su fama y que contribuyan a aumentar su gloria! ¡Viva el emperador Francisco José!

Arthur mira a Franz mientras sus compañeros entonan una torpe e insegura respuesta, y Franz sonríe en medio de aquel fragor desordenado.

—Pensaba que por venir el emperador Francisco José con nosotros nos hospedarían en el castillo de Eggenberg —dice Arthur.

—No quiero privilegios, querido súbdito, tengo que dar ejemplo al pueblo —ironiza Franz.

—¡Silencio en las filas!

Los conducen a los hangares y les ordenan que se dispongan en hileras paralelas sobre unas mantas ocres que han colocado en el suelo. Hombro contra hombro, para evitar el frío. A la mañana siguiente, cada uno deberá recoger su manta y llevarla consigo, es la única prenda de abrigo de la que dispondrán en el frente. Empiezan a sentir hambre. No han comido nada en todo el día, y ya no parece que vayan a repartirles el rancho. Algunos han sido precavidos y sacan de sus macutos un trozo de pan o algo de embutido, pero Arthur no había sospechado esa eventualidad y no tiene nada que llevarse a la boca.

—Toma —le dice Franz ofreciéndole un trozo de empanada—, yo tengo bastante con esto.

—Gracias. No he traído nada de comida...

—No te preocupes, compartiremos lo mío.

Franz detecta que Arthur está avergonzado, y cambia al instante de conversación.

—¿Qué crees que nos espera en Zagreb?

—Nos enseñarán a obedecer. Sin obediencia no hay ejército. Y sin ejército no tendrían su guerra.

Arthur habla con suficiencia, como lo haría un hermano mayor que ya hubiera vivido situaciones similares. Franz no puede imaginar que Arthur apenas ha salido de su casa, que su experiencia procede sólo de los libros.

—También nos enseñarán a disparar; ¿tú sabes disparar? —le pregunta.

—Sí —contesta Arthur con un asomo de orgullo—, cuando era pequeño aprendí a disparar en las ferias con mi padre. Recuerdo que ganamos algunos premios tirando a unas cintas rojas muy estrechas que clavaban entre dos listones. Mi padre tenía muy buena puntería y me enseñó sus trucos.

—Yo no sé disparar, y eso me preocupa. Imagínate que el primer día ya nos atacan los serbios.

—Es más fácil de lo que parece —le explica Arthur simulando que porta un arma—; apuntas con cuidado, aguantas la respiración y aprietas el gatillo sin brusquedad. Se trata de deslizarlo, sin hacer ningún otro movimiento.

—Querría estar tan tranquilo como tú. ¿No tienes miedo?

—Claro que tengo miedo. Hay que ser muy inconsciente para no tenerlo.

—Antes de salir, mi padre me dijo: «Franz, no vas tú solo a la guerra; contigo va el nombre de nuestra familia, nuestro honor depende ahora de ti, todo lo que hagas, lo bueno y lo malo, repercutirá sobre la fama de los Leisser».

—¿Vienes de una familia de militares?

—Sí —responde Franz con cierto apuro—, mi casa está llena de retratos de generales uniformados, con el pecho cubierto de condecoraciones. Me parece que voy a ser una vergüenza para ellos.

—En la mía no hay ninguno —dice Arthur—, así que podré ser un poco más cobarde que tú.

Tras el toque de silencio, los reclutas se envuelven en la manta, se cubren con toda la ropa que llevan y se acurrucan los unos contra los otros, defendiéndose como pueden del frío de diciembre, que ya ha empezado a filtrarse por debajo de las compuertas. Fuera del hangar está helando, y se forma una fina capa de escarcha sobre el techo de los vagones, en las ramas desnudas de los árboles, en las vías calladas que confluyen cerca del horizonte, allí donde todos sospechan que están los límites sombríos del frente; hiela porque está empezando el largo invierno austriaco, un invierno que es más que nunca preludio de catástrofes y de pérdidas.

Arthur no puede dormir y piensa en su madre; en sus silencios prudentes, en su forma resignada de dedicación que él nunca se ha dignado agradecer. Los hijos suelen abusar de los cuidados de los padres, al principio sin darse cuenta, permitiéndoles atenciones de las que podrían prescindir, pero más tarde terminan haciéndolo por egoísmo. Él sabe que ha sido egoísta con su madre; la ha visto llorar muchas veces por su causa, pero está seguro de que ella sabrá perdonarlo. Su recuerdo es una evocación palpable, y casi puede abrazarla. No comprende que haya alguien que no la ame. Tampoco comprende el cambio radical en su vida que lo ha llevado al suelo de la estación de Graz. Ve dormir a sus compañeros, bultos que descansan indiferentes al entorno como lo haría el ganado, y siente piedad por ellos. Tal vez alguno antes se entusiasmaba hablando de dignidad y de fortaleza, del privilegio que representa vivir en el corazón de un imperio y pertenecer a una estirpe superior, capaz de gobernar Europa y de imponerle su estructura social; quizá hayan intuido en la guerra una ocasión para escapar de la rutina, para disfrutar del desorden o para conquistar un mañana imaginario en el que no sea peor la agitación que la calma. Se ven a sí mismos como conquistadores, repartiéndose un botín inagotable de oro y mujeres, pero no saben que en el drama incierto que se avecina a la mayoría sólo les corresponderá el papel de víctima. Ha oído argumentar que quien se dirige a la muerte por su patria supera la existencia personal y la comparte con un grupo humano en el que de alguna forma seguirá viviendo; que, reconociéndose en las generaciones futuras y sacrificándose por ellas, también actúa en pro de sí mismo. Eso a él le parecen necedades de viejo, reflexiones de café, añagazas de quien ya ha vivido y no siente compasión alguna por las vidas ajenas.

Arthur deja caer la cabeza hacia atrás hasta alcanzar la delgada manta que lo separa del suelo. Apenas encuentra diferencias con apoyarse en el pavimento. Sólo hace un día, para él era un pequeño placer descansar la cabeza en la almohada y buscar el sueño sin preocupaciones, imaginando que consigue llegar a ser un buen escritor. En esos momentos, siempre después de haber estado leyendo a los grandes maestros, no le parecía difícil escribir una buena novela, una novela que como aquéllas estuviera llena de verdad, que conectara con una forma de conciencia universal; para él, los escritores con talento que fracasan lo hacen porque se alejan de la realidad, de los auténticos sentimientos de los lectores. Él no caería en ese error, él escribiría sobre personajes creíbles, los dotaría de alma y los modelaría para que fueran capaces de vivir en la memoria del lector mucho tiempo después de que éste hubiera terminado el libro. Cierra los ojos y, antes de que lo asuste un destemplado toque de corneta, cree que duerme en su casa durante unos instantes.

9

ES LA TERCERA RUPTURA en la vida de Stefan, pero a diferencia de las otras dos, cuando abandonó la pintura y cuando abandonó a su mujer, en esta ocasión no hay ira ni rabia, sino la inaprensible intuición de que no puede eludir su parte de responsabilidad en el infierno que se avecina.

Sabe que la guerra está adquiriendo una magnitud de desastre; lo que empezó siendo un conflicto diplomático entre el Imperio austrohúngaro y Serbia por la posible complicidad de este país en el asesinato en Sarajevo del archiduque Francisco Fernando, es ahora una contienda europea, con Alemania del lado austriaco, y Rusia, Francia y Gran Bretaña apoyando a Serbia. Hasta ese momento, el mundo no había conocido una movilización semejante, ni una fascinación así por la guerra; en toda Europa, masas de jóvenes colapsan las calles frente a las oficinas de reclutamiento, y en los cafés se cantan himnos militares y se honra entre brindis exaltados la faceta más hostil del nacionalismo. Todo lo que Stefan puede intuir en el ambiente es tan amenazador como imprevisible.

Algo enigmático nos empuja a lo siniestro: una curiosidad insana por ver de cerca el rostro del mal, por sostener su mirada de Medusa acaso un momento, aunque esa mirada nos atraviese y nos paralice. Allí donde marcha Stefan no hay más forma de belleza que aquella que contrasta con el dolor, con la falta de lógica, con la inagotable necedad del hombre; campos estériles surcados de trincheras, bosques de alambre de espino, densas columnas de humo negro como estandartes de la desgracia, amplios socavones excavados en la tierra por las mordeduras de los obuses. A veces ruge el silencio, que es una espera abarrotada de fantasmas, y a veces empieza la salmodia de los disparos y las balas incandescentes desgarran el aire sobre las asustadas cabezas de los soldados, o impactan sobre ellas, vaciándolas de sueños para siempre.

Lo albergan en un viejo cuartel de la retaguardia que han transformado en hospital de campaña aumentando su superficie con grandes carpas que cumplen la función de salas para ingresados, almacenes o quirófanos. Han extendido en el suelo del patio una lona blanca con una enorme cruz roja pintada que los identifica y los protege de los fugaces escarceos de la aviación rusa. Gozan de una forma expectante de tranquilidad, de una espera tensa y desconfiada, sin embargo, desde allí también se percibe la obstinada maquinaria de la muerte; se escuchan ráfagas de ametralladora que parecen impactos de un martillo de carpintero sobre un tablón, y se oyen distantes explosiones, graves como las pisadas de un gigante, que hacen temblar la tierra. Por la noche, mientras se lamentan los heridos y la confusión del sueño invita a la huida, el resplandor de las detonaciones lejanas dibuja un horizonte de espectros fugaces que mantienen vivos el miedo y el sufrimiento. Stefan observa ese espectáculo nocturno con una callada admiración, recreándose en su incontestable belleza plástica, aceptando por un momento el engaño de que esos fulgurantes destellos de luz no forman parte de una catástrofe.

Mira a su alrededor, ve las hileras de camas llenas de enfermos y piensa que allí se necesitan médicos y no fotógrafos. Su equipo no ha llegado todavía, viajó en el tren con él, pero los encargados de la intendencia aún tardarán varios días en visarlo y en entregárselo, y mientras lo espera, vagabundea por las inmediaciones del hospital y entre las carpas de los heridos; son todos unos niños, o al menos es lo que a él le parecen, están rotos, llagados, mutilados, y sin embargo apenas han abierto los ojos a la vida. Algunos maldicen su suerte y gruñen de dolor, o de coraje, y otros sólo lo miran en silencio, buscando en él alguna esperanza, alguna respuesta, o una reparación a la que probablemente tengan derecho.

—¡Sanitario! —escucha a su espalda.

Stefan lleva puesto el uniforme de la Cruz Roja, no hay antecedentes de una brigada de fotógrafos en la institución, así que para mantenerlo uniformado lo han vestido con una bata blanca de sanitario.

—¿Es a mí? —pregunta al cirujano que lo ha llamado—. No soy sanitario, soy fotógrafo.

—Da igual, venga conmigo.

Stefan sigue al cirujano hasta un improvisado quirófano, en el que dos enfermeras intentan sostener a un soldado que se retuerce de dolor en la mesa de operaciones, bajo un potente arco de luz.

—¡Ayúdelas a inmovilizarlo! —le dice, y él se dirige a un mueble auxiliar donde se amontonan toda suerte de instrumentos quirúrgicos que a Stefan le parecen los útiles de una matanza.

Stefan y las dos enfermeras consiguen inmovilizar al soldado mientras el cirujano le aplica una mascarilla de éter que lo adormece, transformándolo en una criatura sin voluntad; después le hace una incisión en el abdomen ampliando los márgenes de una herida anfractuosa de la que brota una sangre negra y espesa, y con una sorprendente rapidez le extrae un fragmento de metralla del tamaño de su propia mano. A continuación cauteriza los vasos que sangran y cierra la herida con una veintena de puntos de sutura.

—No lo ha hecho nada mal para ser fotógrafo —le dice el cirujano todavía empapado en sangre—. Muchas gracias. Me llamo Klaus Keller, soy el cirujano jefe de este simulacro de hospital. En realidad todavía soy el único cirujano, el resto de los médicos está por llegar, es una jefatura honorífica.

—Stefan Adler, fotógrafo de la Cruz Roja.

—¿Y qué fotografía usted por aquí, señor Adler? ¿Va a hacer algún reportaje?

—Acabo de llegar, todavía no he empezado, pero voy a fotografiar a los muertos.

El doctor Keller sigue mirándolo a los ojos mientras se lava las manos, y Stefan siente que debe explicarse un poco mejor.

—Es para enviarles una última imagen a sus familias. Después de arreglarlos y uniformarlos. Una tarea piadosa. Sé que parece raro, pero ésa es mi misión aquí.

—Empieza a no sorprenderme nada en esta guerra... Pido todas las semanas al estado mayor que me envíen más médicos y enfermeras, y sin embargo me mandan a un fotógrafo que va a retratar fiambres. En fin, no me interprete mal, usted no tiene la culpa de eso. Ya ve cómo estamos, aquí siempre necesitamos ayuda; cuando sus ocupaciones se lo permitan, si puede echar una mano, será bienvenido.

—Vendré siempre que pueda, doctor.

—Puede lavarse ahí; parece que sea a usted a quien le haya explotado la granada.

Hasta ese día Stefan no había percibido el olor a animal mojado que despide un abdomen abierto, ni había visto actuar a un cirujano; la habilidad y la decisión del doctor Keller le han impresionado, su resuelta acción sobre el destino de ese soldado ha conseguido variar lo que de otra forma habría supuesto su final. Qué distinto le parece el mundo desde ese rincón blanco y luminoso en el que pugnan la vida y la muerte, en el que parece tan frágil cualquier huella de la obra de Dios.

10

EN ZAGREB, tal como presumía Arthur, les enseñan a obedecer, a cumplir una orden sin cuestionarla, por pueril o descabellada que parezca. Ésa es la piedra angular del ejército: la anulación de la posibilidad de réplica. Arthur cree que la sociedad genera aviesas estructuras de sometimiento: la política, las religiones, el ejército, todas distintas en su apariencia, pero siempre con el mismo fin: anular las voluntades individuales y ponerlas al servicio de sus líderes. Para él ningún hombre debe poseer la voluntad de otro, nadie tiene derecho a manipular a quien siendo más débil, o menos inteligente, acepta participar en un juego del que ni siquiera conoce bien todas las reglas. Le parece irrefutable que la sociedad ha basado desde siempre su avance en un principio negativo: que muchos obedezcan a unos pocos para evitar su castigo.

Y odia la inmunda paradoja de la guerra, según la cual un hombre lo pierde todo, incluso su vida, para que otro obtenga un beneficio insignificante.

Despiertan antes del alba, cuando aún es noche cerrada; se visten con un burdo atuendo de faena y salen al campo de instrucción a las órdenes de un cabo.

Mientras se mantiene en el anonimato del grupo, obedeciendo sin rechistar, Arthur mira al cabo y siente por él un intenso desprecio. Es un hombre cenceño, de ademanes nerviosos, con la mirada fría, una persona sin educación que impone su criterio a la fuerza. Hace seis meses ese imbécil estaría de dependiente en un puesto del mercado, voceando sus precios, sirviéndole una col y unas manzanas, fingiendo simpatía para mantenerlo entre su clientela, y ahora está ahí de pie, amenazante, dando órdenes y humillando a los rezagados como si él hubiera nacido de la cabeza de Marte.

Lustran con sebo de caballo sus botas, sus correas y el cinturón. Arman y desarman un fusil Gewehr del 98, calan una y otra vez la bayoneta, que tiene un profundo surco longitudinal para que durante el ataque contra un cuerpo entren por él el aire y el polvo e infecten la herida. No les proporcionan el peine de los cartuchos. Nunca disparan, la munición se consume en el frente, ellos sólo componen el gesto y aprietan el gatillo hasta oír el chasquido. El cabo empuja los codos de quien los mantiene bajos, castiga a quien no marca bien los tiempos, golpea a los que muestran fatiga o desinterés; disfraza su crueldad de oficio. Arthur tiene cierta habilidad para ese tipo de tareas, y consigue pasar desapercibido.

Toman el rancho a mediodía. A la misma hora que Arthur tenía la costumbre de levantarse en su casa. Estofado y puré. Siempre lo mismo, como si los militares dispusieran de una reserva infinita de vacas viejas y de patatas arenosas. Una hora de reposo. Luego dos horas de clase sentados en pupitres, como niños de escuela. ¿Cuál es la capital del Imperio? ¿En qué año nace el Imperio austrohúngaro? ¿Cuáles son los reinos y las tierras representados en el Consejo Imperial? Otra vez la instrucción, otra vez los gritos iracundos del cabo. Aseo. Descanso. Cena. Silencio.

Franz es más delgado que Arthur, y menos fuerte; la instrucción está resultándole muy dura. Siente dolor en una de las rodillas cuando marchan, y suele ser uno de los rezagados, uno de los que más sufren las humillaciones del cabo.

—Hoy he estado a punto de salir de la fila —le dice a Arthur durante el descanso—, se me ha hinchado la rodilla.

—No le des esa satisfacción al cabo, está deseando arrestarnos.

—Es que a veces el dolor es muy fuerte.

—Entonces ve a la enfermería, no la castigues más.

—Se me pasará, la instrucción sólo dura un mes, y ya llevamos casi dos semanas. No quiero que me declaren inútil. En mi familia sería una deshonra.

—¿Te importa mucho lo que piensen de ti? —pregunta Arthur.

—Sí. Creo que a todos nos importa. Y ya que he llegado hasta aquí quiero luchar en el frente.

—Yo sería feliz con una rodilla inflamada como la tuya. La explotaría como si fuera una herida de guerra. Dicen que en el frente hay quien se dispara en un brazo, o en una pierna, para así poder volver a casa. Tú tienes ahora esa posibilidad, deberías aprovecharla.

—Yo amo a mi patria, Arthur.

—Yo no. La patria me es indiferente.

—No te creo.

—Pues deberías hacerlo.

—¿No sientes orgullo por defender Austria?

—¿Alguien me permitió elegir? Somos austriacos por azar. ¿Qué importancia puede tener el lugar en el que naces? Todo son manipulaciones de afectos y de sentimientos infantiles puestos al servicio de los políticos. Sólo somos personas, Franz, todos iguales. Aceptar que una vida vale más que otra es una perversión. Me niego a odiar a un francés o a un serbio que no me han hecho nada, que ni siquiera saben que existo; prefiero odiar al mando austriaco que dispone a su antojo de mi vida y me manda a luchar contra ellos. Seguro que tengo más en común con muchos soldados del otro bando que con el cretino del cabo.

—Espero que ningún oficial te oiga decir eso.

—Lo oirá si me lo pregunta. Tú me lo has preguntado y te lo he dicho.

Arthur no concibe hacer y decir siempre lo que los demás esperan que haga y que diga. Hay en él una forma de rebeldía indomable pero acomodaticia, burguesa, capaz de sobrevivir en un entorno hostil siempre que no se le haga renunciar a sus principios, siempre que se le permita un reducto de libre pensamiento.

—Pueden obligarme a matar por nuestra bandera, Franz, pero no podrán obligarme a sentirme satisfecho por hacerlo.

A Franz le sorprende que Arthur parezca tener una opinión bien matizada sobre cualquier asunto, que sea capaz de defender siempre sus ideas con argumentos coherentes; tiene la impresión de que su amigo sea diez años mayor que él, aunque hayan nacido casi al mismo tiempo. No sospecha que Arthur es una llama que se consume a sí misma, un manantial de ingenio que no sabe conducirse, alguien que no es feliz porque tiene miedo de exponerse a la mirada crítica de los demás.

—¿Qué harás cuando todo esto termine? —le pregunta Franz durante un descanso.

—No lo sé, soy incapaz de pensarlo.

—Pero habrá algo que te gustaría hacer...

—Son preguntas distintas; me gustaría ser escritor, pero no sé si conseguiré serlo.

11

UNOS DÍAS MÁS TARDE, en el camión de intendencia, llega al hospital el equipo fotográfico en cuatro cajas de madera con los emblemas de la Cruz Roja. Stefan vigila con cierta ansiedad el desplazamiento de los bultos, los desembala, comprueba de forma meticulosa todo el material y monta el cuarto de revelado en un trastero sin ventana.

Para comprobar su buen funcionamiento pide a un grupo de soldados convalecientes que posen para él. Todos lo hacen con entusiasmo. La mayoría nunca han sido fotografiados, y forman una extraña procesión de lisiados que parece dirigirse a una fiesta. Stefan los ubica a contraluz, delante de un pequeño bosque que filtra los rayos del sol y los fragmenta, rodeando las siluetas de los heridos de una aureola. El doctor Keller se sitúa en el centro, entre las dos enfermeras, y alrededor de ellos se van sumando soldados, celadores, utileros y un mozo con dos caballos.

Stefan hace un gesto con la mano para que se mantengan inmóviles y dispara.

Cuando revela la fotografía en el cuarto oscuro, mientras ve surgir despacio las imágenes en el papel húmedo, se detiene en cada uno de los rostros; a pesar del infortunio, a pesar de estar heridos y en medio del horror, hay en los muchachos una ilusión infantil por sonreírle a la vida, por agradar a la posteridad. Como si a unos pocos kilómetros no estuviera el frente esperando para devorarlos, como si se hubieran herido en una competición deportiva o en unos campamentos de verano. Hasta los caballos parecen haber asumido la trascendencia del momento y miran al objetivo.

Decide que es una buena fotografía, la enmarca y la cuelga en su despacho.

Acude a comer a la mesa del doctor Keller y las enfermeras; todos le sonríen y parecen fascinados por el resultado de esa improvisada fotografía, como si pudiera tener un carácter inaugural y promisorio. Sin haberlo buscado de una forma deliberada, Stefan se ha convertido en alguien a quien el grupo conoce y ve con simpatía.

A última hora de la tarde se acerca hasta el cementerio, detrás del hospital. En un claro, antes de llegar al bosque, hay una explanada en la que se acumulan las tumbas; ve montículos de tierra oscura bajo los cuales se descomponen y se diluyen los despojos heroicos de los soldados; pequeñas cruces de madera que indican el nombre, o el número, o algún rasgo distintivo del cadáver antes de que su sustancia se incorpore para siempre a la tierra y sea irreconocible; huecos excavados y vacíos que esperan ser ocupados por otro cuerpo joven arrancado de su hogar, ajeno a los derroteros de la política y a las ambiciones territoriales de los Habsburgo.

Stefan siente una profunda lástima por todas esas vidas truncadas y piensa que ningún argumento puede justificar semejante derrota del ser humano, porque sin duda todos esos soldados muertos ya habían sido derrotados, con independencia de los dudosos honores militares que les hubieran concedido; ¿qué podía importarles a ellos ahora quién ganará la guerra?; ¿y qué beneficio obtendrían de una victoria de su bando? Su derrota le parece dolorosa, inapelable y definitiva.

El cementerio carece de solemnidad, de nostalgia y de romanticismo, es un triste vertedero de sombras, una ciénaga de silencios.

Monta el trípode en el fondo de una de esas tumbas vacías, coloca la Autographic 3A sobre él a sólo dos palmos del suelo enfangado, cierra el diafragma para aumentar la profundidad de campo y fotografía aquel pandemonio de cruces blancas y montículos oscuros contra un cielo crepuscular, casi desgarrado.

Cuando la revela, ve en ella un insospechado dramatismo que le hace presente no sólo cuál es su tarea en aquel lugar, sino también que allí no hay un oficio que no se relacione con la muerte; la enmarca y la sitúa junto al retrato del grupo.

Bajo la fotografía del grupo, junto a su firma, escribe un subtítulo: «Los vivos». Bajo la segunda: «Los muertos».

Ante las fotografías, piensa en lo fácil que puede resultar el tránsito entre una y otra, en lo mucho que la supervivencia depende del azar, y recuerda una lejana conversación con su padre en la que éste le contó cómo a los doce años estuvo a punto de perder la vida en la estación de Viena, cuando acudió a despedir a unos amigos y aturdido por el ruido y la emoción del momento empezó a cruzar la vía sin percatarse de que se acercaba una locomotora. Sin saber por qué presintió el peligro, dio un paso atrás y el convoy no llegó a rozarlo, aunque lo dejó inmóvil, preso del pánico por haber descubierto súbitamente lo fugaz que puede llegar a ser la existencia.

«Si mi padre no hubiera dado ese paso atrás —piensa Stefan—, yo no habría nacido, no habría conocido la frustración, ni el sufrimiento, ni la decepción, y no estaría aquí ahora, esperando el cadáver de un muchacho desconocido para hacerle una fotografía y enviársela a sus padres. No creo que mi vida haya sido digna de ser vivida, desde luego no más que la de cualquiera de estos desgraciados, podría borrarla ahora mismo sin que mi vacío llegara a conmover a nadie.»

Hace mucho tiempo que Stefan ha comprendido que la vida es un proceso irreversible; un viaje de sentido único que progresa hacia la muerte con la constancia de un emisario fatal; durante su juventud, cuando vivía a la sombra de su padre y nada le importaba demasiado, encontraba excusas para justificar cualquier acción que él pudiera considerar negligente o errónea, y era capaz de intuir alternativas y vías de escape para todos los conflictos, pero ahora percibe que el tiempo se le acaba y tiene una sensación apremiante. Hay en él un encendido deseo de mejorar, de reconciliarse con la vida y de descubrir en ella algún rincón de plenitud, de asumir riesgos, de existir. Se niega a aceptar que el destino ya le haya dado todo cuanto pudiera corresponderle, que sólo le reste apurar una forma de dolor espiritual, una vía de sufrimiento. Tal vez por eso ha llegado hasta allí, para deshacer una rutina de gestos automáticos, una secuencia invariable de hábitos en la que se sentía perdido.

Para él, las dos fotografías son la rotunda demostración de un préstamo temporal, el que la naturaleza hace al hombre. Sin más especulaciones. En el viaje intuitivo entre esas dos imágenes se resume el absurdo de la guerra.

12

ARTHUR Y FRANZ no llegan a cumplir el mínimo previsto de un mes de instrucción; unos días antes, como si todas las soflamas y las arengas pudieran tomar cuerpo en un solo discurso, un elocuente capitán los reúne en el patio central, los forma y les dice en medio de adornos patrióticos que al día siguiente recibirán munición, un equipo completo y que saldrán hacia el frente de Belgrado.

—¡El emperador Francisco José os necesita allí, y estamos seguros de que sabréis contribuir a la victoria!

Arthur calla, pero la tropa recibe la noticia con una algarabía inconsciente. Gritan, se abrazan y ríen a carcajadas, porque todavía puede más en ellos la curiosidad que el miedo. Los envían al corazón del enemigo, al orgulloso centro de su resistencia, allí donde hay más riesgo, pero también más honor. La guerra les parece un concepto romántico, una aventura con resonancias homéricas de la que volverán victoriosos, ya adultos, bendecidos por la experiencia y cargados de distinciones. No piensan en la muerte ni en su definitivo vacío.

La situación en la capital serbia es dramática, pero ellos no lo saben. El Imperio austrohúngaro pretendía acabar con Serbia en una guerra relámpago, antes de que su tradicional aliado, el gigante ruso, tuviera tiempo de reaccionar y movilizarse; el 29 de julio de 1914 Belgrado había sido bombardeada sin piedad por el ejército austrohúngaro desde decenas de barcazas fondeadas en el Danubio. El 30 de noviembre de ese mismo año, arrasada por el fuego, extenuada, la ciudad se rindió al asedio. La ocupación duró hasta el 15 de diciembre, cuando los serbios, al mando del mariscal Radomir Putnik, recuperaron su capital en una brillante operación que fue una bofetada en los planes y en el orgullo del imperio. Desde entonces, y con un pertinaz afán de revancha, los austrohúngaros, apoyados por los alemanes, hostigaron la ciudad, bloquearon las comunicaciones y sembraron los aledaños de un diabólico entramado de trincheras, campos minados y redes de alambradas.

Al amanecer del día siguiente nadie muestra la más mínima pereza. Se asean, visten el uniforme lanzándose fugaces miradas inquietas, recogen su macuto, su fusil, dos granadas y por primera vez una caja de munición, que guardan como si fuera un tesoro; luego suben a las camionetas en un orden tenso, porque el entusiasmo empieza a transformarse en prudencia. Algunos rezan en silencio, aunque no lo confiesan.

Toman la carretera hacia Kutina, y los primeros kilómetros, tranquilos y sin peligro, favorecen las conversaciones superficiales entre ellos, que consiguen relajar los ánimos y devolverlos a un estado anterior a la lógica ansiedad por la partida. Algunos lugareños se detienen en el arcén para verlos pasar, incluso levantan la mano y hacen un gesto de despedida, y los niños corren junto a los camiones y los provocan con sus gritos y sus saludos. Franz conoce Croacia, ha estado allí varias veces con su familia, y entretiene a Arthur contándole anécdotas de aquellos viajes. Le explica que el límite entre Bosnia y Croacia es el mismo que impusieron los otomanos en su avance por Europa, y que Dubrovnik, la Atenas eslava, fue perdonada por el sultán a cambio de un exigente tributo que hubo de ser renovado año tras año, y que mantenía como rehenes a los pagadores hasta la llegada del siguiente desembolso.

La caravana recorre a buen ritmo la Llanura Panónica, una vasta extensión de terreno situada entre los Alpes, los Cárpatos y los Balcanes; Arthur no sabe que viaja por el lecho de un inmenso mar prehistórico, sobre un espesor de centenares de metros de sedimentos que hacen fértil la tierra; él tiene todas sus referencias en la literatura, mira a su alrededor y se imagina en aquellos llanos interminables de La Mancha que surcara el caballero Don Quijote, donde había leído que la tierra era amplia y espaciosa, y el horizonte, bajo.

Cerca de Dobanovci los conductores reducen la velocidad, y un silencio de cautela se apodera de los soldados. Ya no están lejos del frente. Pasan por pueblos abandonados e invadidos por el desorden, ante viviendas con los techos hundidos y el insulto del musgo y los hierbajos colándose por las ventanas, ven animales muertos, cobertizos arruinados por el fuego y viejos aperos de labranza desmantelados, cruzan ante la mirada distante de campesinos hambrientos y abatidos, contemplan unas tierras baldías que son heraldo de privaciones, y avanzan despacio por carreteras secundarias en cuyos márgenes pueden ver improvisados campamentos de retaguardia, almacenes de víveres, depósitos de munición y pequeños campos de entrenamiento, y antes de que puedan oír las primeras explosiones, lejos todavía de la zona de fuego, el convoy hace crujir los frenos delante de un pedregal y los suboficiales les ordenan bajar.

Forman en columna de a dos observándolo todo a su alrededor con desconfianza, y empiezan a marchar tras un cabo por un estrecho camino rural mientras el sargento retrocede inspeccionando las columnas.

—No rompan la fila bajo ningún concepto —les dice el sargento—, los campos están minados.

Nadie habla, porque el temor aumenta la disciplina. Ninguno quiere ser el primer muerto en aquel pelotón de incautos. Se miran los unos a los otros e intentan infundirse ánimo.

Pasan conteniendo la respiración ante un proyectil de quince pulgadas semienterrado en el borde del camino que no ha llegado a hacer explosión, ven su carcasa metálica, limpia y brillante como un sable de paseo, y su amenazante ojiva, y todos temen durante un momento que justo ante ellos recupere su mortífera capacidad de destrucción.

No a mucha distancia, escondida por el humo, divisan la línea de baterías pesadas. Arthur se asombra por el tamaño y el calibre de los cañones, algunos de ellos montados sobre vías de tren, y piensa en lo devastadora que debe de ser su descarga. Llegan a su altura y, con un ruido ensordecedor, presencian cómo las baterías escupen su dañina carga de fuego y metal, cómo ésta se eleva en el cielo y, describiendo una trayectoria curva, cae con un estruendo sordo varios kilómetros más allá, en una colina sin nombre donde los mandos suponen que se encuentra un refugio enemigo. Ven desmoronarse parte de la colina por efecto de los impactos, como lo haría un lejano montón de arena bajo las pedradas de un niño, y escuchan celebrarlo a los artilleros con gritos de euforia que les parecen aullidos. Comprenden que la guerra empieza a ser una realidad, un estado que entraña peligro.

Avanzan a través de una llanura devastada por las explosiones, un antiguo campo de cultivo que ahora es un erial de barro, piedras y trozos de madera en el que resulta difícil mantener el equilibrio. Ven piezas retorcidas de metal oxidado en el fondo de profundas depresiones del terreno, y trozos gigantes de raíces expuestas al aire que les recuerdan que tal vez allí un día hubo árboles singulares, con su estancia de sombra y su paz. Algunos ven fragmentos de armas, cascos viejos semihundidos en el fango y retales de uniforme que apestan y que insinúan contener restos humanos, pero callan para no extender el miedo.

Franz mira a Arthur, y sin mediar palabra le reconoce que sus peores recelos estaban justificados.

Uno de los muchachos levanta con la punta de la bota un bulto que obstaculiza el sendero y descubre el cadáver de un zapador descuartizado, con la cara desollada y el cuero cabelludo colgando detrás de una oreja, con las vísceras expuestas al aire y devorado por las hormigas; la impresión le impide seguir caminando. El sargento se acerca hasta él, que se mantiene impávido; lo amonesta, después lo abofetea, y como última solución le venda los ojos y encarga al soldado más cercano que lo lleve cogido de la mano.

El último tramo del viaje, antes de llegar a su destino, deben hacerlo reptando en fila de a uno. El vientre en el suelo, las manos delante con el fusil y el macuto de veinte kilos a la espalda. Ya están al alcance de las balas enemigas, y aunque no ha empezado el fuego, es un día con buena visibilidad y el sargento prefiere no arriesgar sus vidas.

Después de una hora de marchar cuerpo a tierra les duelen los codos y las rodillas, y tienen llagados los dedos por rozarlos una y otra vez contra el suelo. Arthur cierra la boca e intenta respirar sólo por la nariz para no tragar más polvo, que se ha depositado ya en sus labios, en su paladar, en su garganta, y que le hace percibir un sabor salobre, áspero y mineral; se lamenta en silencio de lo que él considera un calvario, y mientras piensa en todas las comodidades perdidas, aprieta los dientes de rabia.

Cuando llegan a la entrada de la trinchera están sucios y exhaustos, como si ya hubieran sobrevivido a su primera batalla. Los veteranos les miran con desafecto, tal vez con lástima, pero no hacen ningún comentario. Recorren agachados un complejo laberinto de trincheras en el que hay incorporaciones, salas de reunión, puestos de tiro y cruces de caminos con letreros y preferencias de paso, como en una ciudad diminuta; ven los inquietantes nidos de ametralladoras, y los morteros lanzaminas gobernados por hoscos artilleros; cruzan un interminable trayecto en zigzag hasta que llegan a una gran cueva excavada en un terreno arcilloso, una choza con armazón de madera que se esconde dentro de la tierra y que ejerce de cuartel general, con una raída bandera del imperio colgada del techo, doble guardia en la entrada, pisos en distintos niveles, escaleras de hormigón, numerosas dependencias oficiales y una red imposible de galerías.

—Esto parece una madriguera —dice Franz.

—De ratas —asiente Arthur mientras una enorme rata gris cruza ante ellos la trinchera.

13

EL ESTUDIO FOTOGRÁFICO de Stefan tiene la apariencia de una sala de autopsias, con las cuatro paredes desnudas y el suelo blanco, todo sumergido en un pulcro silencio. Hay una camilla metálica en el centro, cuyo fondo de brillantes planos inclinados conduce a un desagüe por el que se escapan la sangre y los humores de los muertos, un pequeño mueble auxiliar con tijeras, cepillos, pinturas e instrumentos cortantes, y un enorme armario en el que cuelgan varios juegos de uniformes sin estrenar de distintas tallas. En el fondo, junto a la pared en la que Stefan puso sus dos primeras fotografías, hay una mesa modesta con un par de sillas, un estandarte del segundo ejército imperial y una camilla de madera articulada, que permite, mediante el uso de una polea, levantar el cuerpo en un ángulo suficiente como para realizar la fotografía desde un punto de vista elevado, tal vez sobre una escalera.

No puede evitar una melancólica comparación con su estudio en Viena; allí tenía una sala de estar bien decorada donde los clientes podían esperar su turno leyendo la prensa, y un cuarto con una cabina de espejos en el que las damas retocaban su peinado o su maquillaje. En los días más prósperos, cuando consiguió rodearse de cierto prestigio entre la sociedad vienesa, llegó a tener dos ayudantes que atendían al público, les abrían la puerta, les ofrecían una taza de té y antes de salir les preparaban el recibo. Él sólo se encargaba de la parte técnica, de hacer la mejor fotografía posible. Al terminar la jornada se reunía con ellos y les pagaba por sus servicios; uno de los dos, Walter, el más joven, un muchacho despierto e infatigable, se quedaba con él hasta última hora para aprender la técnica del revelado; Stefan confiaba en que en algún tiempo podría ampliar el negocio gracias a su entusiasmo y su colaboración. Cuando algunos meses después decidió cerrar su negocio y marcharse a Sarajevo, Walter le rogó que le permitiera ir con él a cambio sólo de techo y comida, pero Stefan le explicó que no era posible, que el contrato era explícito en aclarar que el puesto no precisaba ayudantes. Intentó aliviar su decepción regalándole una de sus cámaras, una Kodak Brownie Nº 3 con lente meniscal acromática y carcasa de piel, un modelo de 1908 para carrete de película que el chico recibió con la alegría de los acontecimientos irrepetibles.

El primer cadáver que Stefan tiene que fotografiar es un soldado que ha recibido un balazo en el cuello; lo ha traído el transporte hace unas horas, una motocicleta que en vez de sidecar lleva adosadas a un lado dos camillas, una sobre otra, como si se tratara de unas literas; cuando inició el viaje, el herido aún respiraba, pero no ha sido capaz de soportar las muchas sacudidas del camino y ha muerto desangrado antes de llegar al hospital. El proyectil entró por detrás, cerca de la nuca, y después de lacerar el paquete vascular, junto a la base del cráneo, salió por la mejilla y abrió en ella una segunda boca que expone al aire las muelas y las encías, lo que confiere al cadáver una mueca inquietante, entre la amenaza y la sonrisa. Mira la documentación y lee sus datos: Matthaus Schell, soldado de infantería, veintidós años, natural de Salzburgo. Le quita el uniforme de campaña y lo deja un instante sin ropa sobre la camilla; es un individuo fuerte y delgado, muy pálido, de huesos prominentes y angulosos, con músculos fusiformes, bien torneados; tiene sin duda la constitución de un atleta. Descubre una cicatriz reciente en el abdomen, rodeada de una zona de piel a tensión, probablemente por una bala serbia que, a diferencia de ésta, no llevaba escrito su nombre. Stefan ve sus manos y sus dedos, libres de los estigmas del trabajo, y lo imagina estudiando en la universidad, tocando el piano, acudiendo a la ópera o seduciendo a alguna joven en uno de los puentes sobre el río Salzach; lo imagina recreándose en cualquier forma de pasado feliz dentro de su hermosa ciudad, embriagado de vida, lejos de la vorágine de la guerra, y se lamenta de que ya no le espere ningún futuro.

Stefan llama a uno de los celadores:

—¡Peter!

—Dígame, doctor.

—No soy médico, Peter, ya te lo he dicho, soy fotógrafo.

—Perdone usted, es la costumbre.

—Lava a este hombre, por favor, voy a hablar un momento con el doctor Keller.

—Muy bien, señor.

Cuando Stefan llega al quirófano, el doctor Keller acaba de terminar una amputación, está agotado, sudando, pero satisfecho por haber salvado la vida de su joven paciente. Stefan ve el muñón rojo, tumefacto, globuloso, como el extremo de un embutido crudo y mal terminado, y sin quererlo empieza a buscar la pierna con la mirada.

—Su pierna se queda con nosotros, la enterraremos detrás, en el cementerio, pero él se irá a casa, su guerra ya ha terminado. A éste no tendrá que fotografiarlo, por suerte para él. ¿Qué le trae por aquí, señor Adler?

—Me preguntaba si podría usted... Sé que no es muy razonable... Querría que le cosiera la mejilla a Matthaus Schell.

—¿Quién es Matthaus Schell?

—El chico que ha traído hoy la motocicleta.

—¿El muerto?

—Sí, es por la herida, está en la cara, y con una sutura y un poco de maquillaje... No hace falta un trabajo muy cuidadoso, sólo quiero que la familia no lo vea así.

—Lo siento —contesta el médico mientras se quita el blusón—, yo me dedico a los vivos. Entierre a ese hombre. Récele algo. Con eso será suficiente.

Stefan calla un instante, la reacción del doctor Keller le parece previsible, y quizá también lógica. A él mismo le resulta extraño fotografiar a un muerto.

—¿Puedo coger algo de hilo y agujas de sutura? —le pregunta antes de que abandone el quirófano—. Intentaré cerrarle yo mismo la herida.

—Claro, Adler, haga lo que considere, pídaselo a una enfermera. Yo voy a descansar un rato.

Stefan se acerca a María, la más decidida de las dos enfermeras, una muchacha húngara de una delicada belleza y algo más de veinte años, una joven de aire indómito que se conduce entre los heridos con la determinación de una experta. Le pide de parte del doctor Keller el hilo y las agujas, y cuando ella se lo da, antes de salir, se vuelve y le pregunta:

—María, por favor, ¿puedes ayudarme a coser a Matthaus Schell?

14

NIEVA DURANTE LA NOCHE, y el suelo de la trinchera se convierte en un incómodo lodazal. Los hombres que han hecho la guardia se retiran con los rostros marcados por el frío y dejan sus puestos al nuevo retén. Arthur y Franz reciben un pico y una pala y la orden de prolongar diez metros el brazo oeste de la trinchera. Un cabo los acompaña para vigilarlos y dirigir la tarea. Nada de entrar en combate por la patria, nada de perseguir a la bestia serbia hasta los confines de su guarida, nada de tareas épicas por las que sentirse orgulloso.

Arthur emplea el pico, y Franz, detrás de él, va retirando la tierra apelmazada, que tiene un olor agraz, casi orgánico, como si estuvieran desgarrando las entrañas de un ser vivo. La mañana es limpia y apacible. Todavía no han oído un disparo.

El cabo Herzog les indica dónde tienen que empezar a trabajar, se sienta en el suelo de la trinchera y se baja el casco hasta taparse los ojos.

—Despertadme si veis que llega el sargento —les dice, y apenas sin terminar la frase se queda dormido.

—¿Tú crees que estamos muy lejos de Belgrado? —pregunta Franz.

—No tengo ni idea —contesta Arthur dejando de golpear la tierra con el pico.

—¿Conoces a algún serbio?

—No, a ninguno.

—Yo sí, conocí a uno en la universidad. Un tal Nikola.

—¿Tenía cuernos y dientes afilados?

—Claro que no; era un tipo reservado, pero nada más. Un buen estudiante. Era ortodoxo. ¿Sabes que los ortodoxos se santiguan al revés que nosotros?

—Sí, y no aceptan la adoración de las imágenes, ni la existencia del purgatorio —afirma Arthur—. A veces pienso que son más sensatos que los católicos.

—Si no hay purgatorio... ¿qué pasa con los pecados veniales?

—Los ortodoxos no admiten juicios después de la muerte, no hay penas que redimir: los buenos al Cielo y los malos al infierno. Tú al Cielo; yo al infierno.

—¿Cómo puedes decir eso? No veo ningún motivo para que tú vayas al infierno.

—No soy muy creyente, Franz, a mí todo eso del juicio final y el Cielo y el infierno me parecen tonterías. Sospecho que cuando muera me iré al mismo sitio en el que estaba antes de nacer. ¿Tú dónde estabas antes de nacer?

—En ningún sitio.

—Pues eso.

—Yo prefiero pensar que hay otra vida, que Dios tiene pensado algo para todos nosotros.

—¿No has leído a Nietzsche? —le pregunta Arthur—. Dios ha muerto.

—Todo el mundo sabe que Nietzsche estaba loco. Loco y sifilítico.

Arthur calla, porque no quiere ofender las creencias de Franz; en el pasado, él también se acercó a la divinidad, y todavía recuerda alguna sensación agradable en la iglesia que le hizo pensar en un mundo más justo, sometido al escrutinio de Dios, pero desde hace algún tiempo, y sobre todo ahora, en un frente de guerra, dentro de la trinchera, no encuentra justificación para su silencio.

A mediodía Arthur se detiene y presiente una catástrofe.

—¡Ponte a cubierto! —le dice a Franz. Y su amigo lo obedece aunque está extrañado.

—¿Qué pasa? —le pregunta asustado.

—No lo sé, algo.

Entonces se inicia un bramido lejano que rompe el aire y que se hace agudo e inmenso, un grito colosal que anuncia una hecatombe. Después, un estruendo que sacude el suelo y deja el pecho sin aliento, y un extraño silencio mientras cae sobre ellos una lluvia pertinaz de tierra y de rocas que los sepulta.

Cuando Arthur recupera el sentido no ve ni oye nada, y apenas respira, mueve los brazos con dificultad y consigue salir de su prematuro enterramiento a la vez que recupera poco a poco el oído; no siente dolor, pero sí miedo, y un intenso desasosiego. Mira a su alrededor y no ve a Franz, ni tampoco al cabo, sólo una nube de humo y de polvo que se expande y empieza a disiparse mostrando el escenario atroz de la devastación. Oye lamentos, y una voz rota que pide agua. La trinchera ha desaparecido, y en su lugar sólo hay montones de piedras, como si la llanura rechazara la obra del hombre y hubiese querido recobrar su aspecto. Escarba frenético en la tierra junto a él, donde presume que su compañero debe de haber quedado enterrado. Toca algo que le parece una pierna, o un brazo, y saca la tierra que lo cubre a zarpazos desquiciados mientras grita su nombre.

—¡Franz! ¡Franz, aguanta!

Arthur saca a Franz inconsciente. No respira, pero le pone la oreja sobre el pecho y siente que aún le late el corazón. Le separa la mandíbula, le deprime la lengua e insufla aire en la boca de su amigo con una decisión nerviosa. Franz no reacciona. Arthur vuelve a repetir la maniobra, igual que ha visto hacer en las clases de primeros auxilios durante la instrucción, pero Franz se le escapa, es un muñeco roto incapaz de luchar.

—¡No, Franz! ¡No!

La vida le parece entonces una anécdota, un suspiro que depende del azar, la negación de toda trascendencia basada en unos hipotéticos planes de Dios. ¿Es esto para lo que han nacido? ¿Para morir asfixiados por una avalancha de tierra a los veinte años, en su primer día en el frente? En ese momento le gustaría tener fe y que fuera posible establecer un pacto con el destino, poder ofrecer cualquier sacrificio que calmara la voraz necesidad de muerte del Creador.

Y Arthur insiste, y llena una y otra vez sin desmayo el pecho de Franz con su propio aliento, y moja su rostro con sus lágrimas, y lo sacude hasta que le siente moverse, hasta que abre los ojos y empieza a toser.

Luego lo abraza llorando y le da las gracias por no haber muerto.

Saca a Franz de la zona de la explosión, lo recuesta sobre un lado y después corre en busca de los camilleros para que se lo lleven a la enfermería.

Los acompaña y les abre camino entre una confusión de nubes de polvo y heridos sin rumbo, y cuando llegan al refugio, Arthur se derrumba en el suelo junto a Franz; está agotado y necesita dormir. Cierra los ojos y ve al cabo Herzog debajo de una tonelada de escombros.

—¿Vas a dejarme aquí? —le pregunta el cabo mirándolo y sin mover los labios.

Arthur se despierta sobresaltado, se incorpora y sin dar explicaciones a nadie vuelve de inmediato a la trinchera; levanta una piedra tras otra en su busca, no da con él, pero encuentra su pala y sigue cavando allí donde presume haberlo visto sentarse para dormir. Después de un instante, el extremo de la pala golpea con su casco. Arthur se apresura y retira la tierra que se ha introducido en su boca y en su nariz, que ha llenado sus ojos y sus oídos, pero el muchacho hace ya mucho tiempo que ha muerto.

15

STEFAN SE DA CUENTA de que la presencia de María no le es indiferente. La muchacha no sólo se ha prestado a ayudarlo con la incómoda sutura en la boca de Matthaus Schell, sino que ha hecho el trabajo con cuidado, aproximando los bordes y escondiendo con delicadeza los cabos, y después no se ha ido, se ha quedado junto a él para verlo borrar la herida con maquillaje, para ayudarlo a vestirlo con el uniforme más grande de cuantos hay en el armario y a subir el cadáver en la camilla articulada, como si a ella también le importara la impresión que la imagen del soldado muerto pudiera causar en su familia.

Hacen juntos la fotografía, y María, sin disimular su emoción, entra con él en el cuarto de revelado para presenciar por primera vez la lenta y fascinante aparición de una imagen nítida en el papel, de un trozo estático raptado a la realidad. Cuando todo el proceso termina, los dos observan el resultado, se miran y deciden que el esfuerzo ha merecido la pena.

Al estar junto a ella en el cuarto oscuro, casi rozándose, Stefan se siente vivo otra vez, y vuelve a preguntarse si quedará algo en él que pueda interesar a una mujer. En ese momento piensa en seducirla, en estrecharla entre sus brazos sin pedirle permiso y sentirla suya, en aprovechar esa fugaz sensación de dominio, porque eso es lo que habría hecho si el tiempo le permitiera volver atrás y recuperar el descaro de su juventud, pero la mira y la ve fascinada por el milagro de la materialización de esa imagen, por su veracidad incontestable, sonriendo como una niña curiosa que descubre por primera vez uno de los secretos de los adultos, ajena a cualquier pensamiento erótico, y no hace nada.

Sí, lo atraen ese tipo de chicas, jóvenes y decididas, que miran a los ojos y sonríen sin recato, como si el mundo estuviera ahí delante para contemplarlas y disfrutar con su presencia. Hace muchos años, cuando estuvo en la universidad, él ya había conocido a una chica así, aunque apenas recordara su nombre, aunque entonces no consiguiera de ella nada más que un par de citas decepcionantes que terminaron en paseos sin rumbo. María es como ella, jovial y despreocupada, tocada por las ganas de vivir e impaciente por no saber cómo hacerlo. Él podría enseñarle. Él podría decirle cuál es el camino más recto hacia la felicidad, el único posible, pero no está seguro de que ella quiera escucharlo, no al menos con las palabras ácidas y vacías de metáforas con las que él sabría decírselo. Probablemente, ya lo ha vivido otras veces, su delicada cabeza esté preñada de ensoñaciones que nada tienen que ver con el sugestivo cruce de caminos entre los hombres y las mujeres: noviazgo, boda e hijos; agonía, muerte y transfiguración, siempre en el mismo orden, en la misma atormentada cadencia.

María tiene veinticinco años menos que él. Demasiado abismo para salvarlo con una pirueta. Cuando piensa así se mira al espejo y siente lástima de sí mismo por haber envejecido; ve sus cabellos grises, las incipientes bolsas bajo los ojos, la piel flácida del cuello; ya no podrá conquistarla con los atributos que adornan la superficie de los jóvenes, con su resuelta exhibición de salud y belleza, con su frescura, con su perdurable primavera; tendrá que recurrir a las armas retorcidas de los viejos, las únicas disponibles cuando se retira la hermosura: la experiencia, el poder y la palabrería. Qué situación tan novedosa para él, y a la vez tan lamentable. Stefan ha descubierto a los cincuenta años que le interesa una mujer joven y tiene que embaucarla con la presunta riqueza de su pasado para poder llevársela a la cama. ¿De qué le hablará? ¿De otras conquistas? ¿De otros fracasos? Porque es cierto que ha conocido a muchas mujeres y que durante varios años se sintió en posesión de cierto magnetismo que le permitió conquistar el corazón de algunas ingenuas, pero su sensación global es de un fracaso absoluto: las dos o tres mujeres que de verdad le importaron, porque no han sido nada más que dos o tres en toda una vida, se alejaron de él sin que ninguna acertase a decirle por qué le hundía en el pecho ese cruel cuchillo de luz.

Ya no es el joven seguro de sí mismo que veía a las mujeres como seres ansiosos de su compañía, ya no compite con otros hombres por su atención, ni siquiera se esfuerza porque su aspecto les resulte atractivo. No usa colonia, ni afeites, ni lleva el pelo arreglado. Se ha convertido en un indolente. Siguen gustándole las mujeres, de eso no tiene ninguna duda, pero casi como piezas de museo, como percepciones agradables a cuya posesión renuncia de antemano. A veces piensa que sería agradable librarse de esa dulce atadura, despertar un día y sentir indiferencia ante una mujer hermosa. Hace mucho tiempo le preguntó a su padre cuándo termina esa presura que tanto esclaviza el ánimo de los hombres, y su padre, ya con setenta años, sin dejar de pintar el retrato de una mujer desnuda, le contestó que nunca, gracias a Dios, que un hombre sólo deja de serlo cuando se muere.

No cree que en eso haya acertado la biología, no piensa que sea bueno que los hombres mantengan cierta potencia sexual durante toda su vida, porque eso les hace percibir una sensación distorsionada de sí mismos, una visión lacrada por la subjetividad que los lleva a buscar primero y a mendigar después los favores de mujeres más jóvenes, a soñar con ellas sin poder alcanzarlas y, en el mejor de los casos, a mantenerse al lado de una mujer de su misma edad a la que no desean. Una vez llegado el final de la madurez, no todos los hombres aciertan a encontrar el camino de la renuncia, son muchos los que se pierden en una moral viciada. Stefan no quiere que eso le suceda, prefiere ser un hombre que no busca nada, que no espera nada, y aunque sabe que su edad está todavía en el límite de lo que una mujer de algo más de veinte años podría considerar aceptable, le incomoda la posibilidad de sentirse definitivamente descartado por ellas, de no ser él quien tome la decisión de excluirse.

Mira a María y le sonríe con agradecimiento, pero no dice nada. Le gustaría tocarla, acariciarla, susurrarle al oído cuánto la desea, ofrecerle un poco de cariño en ese rincón agreste y apartado donde la vida y la muerte parecen atropellarse; querría saber más de ella, preguntarle por sus gustos, por sus opiniones, pero tiene miedo al ridículo, miedo a que desaparezca la cortesía y ella le diga que es demasiado mayor, o a que se invente una excusa banal que difumine el verdadero motivo por el cual una mujer joven y sola rechaza a un hombre que le dobla la edad: la repugnancia.

16

SE HAN LLEVADO A FRANZ a la enfermería, y por primera vez en mucho tiempo, Arthur se siente solo. No lo consuela el recuerdo de haber buscado otras veces la soledad, ni el hecho insoslayable de haber jugado con ella hasta convertirla en el único lugar habitable del mundo, porque él no se considera un solitario; tuvo algunos amigos en la escuela, dos o tres muchachos que estaban deslumbrados por su forma de pensar, rápida e ingeniosa, por su incuestionable capacidad de liderazgo, por su contagioso desprecio a las normas absurdas que impone la costumbre, pero luego los dejó atrás, súbitamente, sin disculpas insustanciales y sin despedidas, decidió recluirse en su casa y no aceptar más compañía que la de sus libros ni más afecto que el de su madre.

No se cuestiona si aquella decisión fue acertada o

si acarreó algunas consecuencias perjudiciales, porque desde su punto de vista no había ninguna otra decisión posible. Los demás, aquellos que se llamaron sus amigos, no le proporcionaban ninguna satisfacción, en ellos sólo percibía trivialidad.

Franz se encuentra bien, de eso está seguro; lo había acompañado durante horas, y antes de que se lo llevaran habló con él mientras le cogía la mano; su amigo sólo tenía una conmoción, y una duda:

—¿Por qué sabías que algo iba a pasar? Me dijiste que me pusiera a cubierto bastante antes de la explosión, antes de que se oyera nada. ¿Te das cuenta de que eso nos salvó la vida?

—A veces tengo premoniciones. Es muy extraño. Siento que algo va a suceder, y sé más o menos en qué va a consistir, pero son sólo anticipaciones de algo inevitable, me resultan difíciles de explicar... Además, soy incapaz de provocarlas, no pienses que podremos ganar dinero con eso en un circo.

Había visto marchar la camilla hacia la enfermería de la retaguardia con un indudable alivio, pero también con lástima de sí mismo, porque no toleraba la estupidez pedestre del resto de sus compañeros, de todos aquellos soldados vacíos de inquietudes; no le resultaba fácil abrirse a los demás, y sólo en Franz había encontrado el gratificante regalo de las semejanzas.

Ahora Arthur hace guardia en la trinchera de apoyo, entre la trinchera de fuego y la de reserva; unas y otras están unidas por una compleja red de trincheras de comunicaciones por las que corren los enlaces para transmitir las órdenes. Son unos cincuenta o sesenta hombres en hilera, con el fusil al frente con la bayoneta calada, esperando para dar el relevo a los soldados de la trinchera de fuego. Oyen los disparos de los suyos cruzando la tierra de nadie más allá de las alambradas, y de vez en cuando el silbido de las balas del enemigo sobre sus cabezas.

—Si la oyes, no es tuya —le dice un veterano, y Arthur asiente por cortesía, sin ánimo de iniciar una conversación. Hace mucho tiempo que sabe que las balas llegan a su objetivo antes que el ruido del detonador, que cruzan el aire más deprisa que el sonido. Su padre se lo había explicado durante una noche de tormenta, cuando le llamó la atención que un trueno se demorase varios segundos después de haber visto el resplandor del rayo.

A diferencia de las angostas trincheras de comunicaciones, donde a cada paso las botas se hunden en el fango, la trinchera de apoyo es un poco más amplia y no tiene el suelo embarrado, sino cubierto con una tarima oscura y resbaladiza; también dispone de unos nichos protegidos por parapetos con sacos terreros donde los hombres pueden sentarse y descansar, y de unas pestilentes letrinas excavadas en la pared que los soldados sólo visitan en caso de necesidad perentoria. Su única misión allí es estar preparados, y su único entretenimiento, las conversaciones frugales. Arthur no es amigo de hablar con desconocidos, y se limita a escuchar los argumentos delirantes sobre el final de la guerra y los improbables sueños de conquista de sus compañeros. Muchos son mayores que él y llevan ya varias semanas en la trinchera; presumen con insolencia de haber sobrevivido a los ataques más violentos de los serbios, como si el hecho anecdótico de no haberse encontrado en la trayectoria de sus balas los hiciera expertos en táctica militar, y ya cuentan los días para el ansiado permiso que los llevará a los brazos de sus mujeres y sus amantes, que en sus fantasías son siempre las más bellas, y también las más ardientes. Arthur piensa que hablan así para darse importancia o porque tienen miedo, que sólo pretenden espantar el silencio.

Él nunca ha estado con una mujer. Siente una innegable curiosidad, que sus compañeros consiguen acrecentar con sus comentarios, y ha tenido cientos de fantasías, pero todavía no sabe cómo es el tacto de la piel femenina, ni cómo reaccionará su cuerpo ante el de una mujer desnuda. Cuando los demás cuentan sus experiencias, él calla y asiente con suficiencia, como si supiera de qué están hablando. Le disgusta el tono procaz de sus comentarios, y el poco respeto hacia sus parejas que supone comentar los detalles más lúbricos en voz alta, pero a veces lo asalta un deseo furioso al oírlos.

Uno de los soldados habla de una taberna en la carretera de Nustar a la que suele acudir cuando tiene un permiso. Buena cerveza, abundante comida y camareras que saben ser generosas a cambio de una propina.

—¡Iremos allí cuando tengamos un permiso! —dice uno ellos, y los demás aplauden con entusiasmo la iniciativa.

—¿Vendrás con nosotros, Arthur? —le pregunta espontáneamente el soldado que está frente a él.

—Claro —contesta—, no me lo perdería por nada.

Después de la euforia regresa el silencio, y el tedio, y las inciertas expectativas para que acabe la jornada sin sobresaltos y al día siguiente puedan contarlo. Se conforman con pensar que a un par de horas de allí los esperan las camareras de aquella oscura taberna en la carretera de Nustar; a ellos o a otros que también tendrán miedo, y que también estarán apurando sus vidas.

Sentado en la trinchera, junto a aquellos soldados de ilusiones famélicas, Arthur se imagina en un mundo de senderos vacíos, caminando sin prisa entre dos aldeas un luminoso día de verano, él solo, con un libro bajo el brazo y un hatillo a la espalda, buscando inspiración para su primera novela. No quiere mirar a los lados, pues lo horroriza lo que ve: hombres agazapados en el útero de la tierra esperando la muerte, pupilas de escaso brillo que son como manantiales de duelo, semblantes grises que aceptan con resignación un maleficio. Él prefiere verse cruzando el aire limpio de la campiña, sepultando para siempre la memoria de tanto dolor allí donde zumban los insectos y huele a vida y a esperanza. Cuando termine esa inoportuna guerra empezará a conocer el resto de Europa, emprenderá un viaje a pie por el sur de

Francia, o por España, irá a algún lugar donde los días sean largos y las laderas estén cubiertas de amapolas.

Entonces oyen la voz del sargento:

—¡Compañía dieciocho! ¡A la trinchera de fuego!

17

EL SIGUIENTE CADÁVER que llega al estudio de Stefan es el del soldado Theodor Polster, un vienés rubio de veinte años con una piel tan blanca que parece un tul transparente, una lámina diáfana a través de la cual le parece intuir sus músculos inertes, sus huesos y sus articulaciones. Ha pisado una mina durante unas maniobras rutinarias y la explosión le ha amputado las dos piernas, el periné y parte de la pelvis. Cuando Stefan retira la sábana y ve al muchacho truncado siente un amago de desvanecimiento, como si sus propias piernas claudicaran por horror de su función, y debe buscar a tientas una silla para sentarse. No puede evitar una sensación nauseosa, de repulsión por tener que presenciar semejante destrozo, pero consigue no vomitar por respeto al muerto.

No avisa a María, prefiere preservarla de un espanto innecesario, en esta ocasión sólo le pedirá ayuda al celador. Sin saberlo, está empezando a protegerla, a considerarla un ser cercano a él, mucho más próximo de lo que él mismo desearía. Si su atracción por María consigue romper su vieja coraza de egoísmo, se volverá vulnerable, y no quiere sufrir otra vez.

En un rato, el bueno de Peter lo habrá ayudado a lavarlo, y como las heridas no le han alcanzado el rostro, podrá componer una imagen que será a la vez un retrato y una farsa.

—¿Qué piensas de esta guerra, Peter? —le pregunta al celador mientras le retiran con paños húmedos las costras de sangre.

—Nada, doctor, ¿qué voy a pensar?

—¿Te parece justa?

—No sé a qué se refiere. Siempre ha habido guerras, ¿no?

—Sí, siempre... Lávale bien el pelo, anda, lo tiene lleno de tierra. Y no me llames doctor.

Peter es un chico inteligente, con esa forma de lucidez práctica y callada de los hombres del campo; podría ser más ambicioso, pero prefiere ser sumiso y pasar desapercibido. Intuye que cualquier destino en muchos kilómetros a la redonda es peor que el suyo, que en el hospital no arriesga la vida y puede pasar tranquilo y ocupado toda la contienda; no quiere dar motivos para que lo castiguen, pero tampoco para que lo promocionen. Mucho antes de que empezara la guerra ya estaba en el equipo del doctor Keller; a los diecisiete años sus padres le dieron algún dinero y lo enviaron a Viena, porque él no quería trabajar en la vaquería de su familia, un negocio próspero al que renunció en beneficio de sus hermanas. El día que llegó a la ciudad llevaba en el bolsillo una carta de recomendación del doctor Schachner, médico rural, pues había aprendido con él a hacer curas sencillas y a mover a los enfermos, a poner torniquetes y a preparar emplastos; sabía cómo actuar ante un herido, y tenía la suficiente prudencia para colaborar con un médico sin llegar a invadir su terreno. Era callado, madrugador, sabía leer y tenía en las manos la fuerza de unas tenazas. El doctor Keller lo aceptó de buen grado, y cuando unos años más tarde estalló el conflicto y recibió el encargo de organizar uno de los hospitales de campaña, no dudó en arreglarle la documentación militar y llevárselo consigo.

Stefan debe fijar lo que queda del cuerpo a la camilla para que por su escasa sustentación no se deslice al inclinarla. La camilla tiene una tabla en ángulo recto en su extremo para apoyar los pies del cadáver, y una correa que abraza sus rodillas y evita que se doblen, pero Theodor Polster dejó sus pies, sus rodillas y sus piernas en una árida planicie cerca de Belgrado. Clava en el tablero dos pequeñas cuñas sobre las que acomoda las axilas de su modelo y después las oculta con un pliegue del uniforme. Mueve la polea despacio, para que la cabeza se eleve sin descomponer la figura, y un momento antes de abrir el obturador se fija en la patética estampa de esa mitad de hombre al que le cuelgan los faldones del uniforme a la altura del lugar donde deberían haber estado sus genitales.

—Demasiado enjuto —le dice al celador, que lo sigue con la mirada sin comprender el sentido de la frase mientras Stefan busca algo en el interior de la gaveta—. Aquí está.

Stefan se acerca al cadáver con unas bolas de algodón en la mano, le separa las mejillas de los dientes y, empujándolas con la punta de los dedos, las introduce en ese espacio, una en cada lado. Luego, desde fuera, remodela el perfil del rostro para igualar el relleno. Cuando vuelve a mirarlo desde la posición de la cámara se convence de haber evitado el efecto sobre su rostro de la brutal pérdida de líquidos, ajusta la distancia focal y hace la fotografía.

Después de revelarla le enseña el resultado a María, y se alegra cuando ella sonríe y le dice que parece que el soldado esté dormido. Al ver esa imagen, nadie diría que el muchacho apenas tenía algo de cuerpo por debajo del ombligo. Stefan es consciente de que está idealizando las imágenes, que nada de lo que muestra es una realidad auténtica, pero también sabe que su misión no es la de un reportero. La fotografía capta el instante, no el devenir; se trata de la realidad entendida como un fragmento aislado, no como una parte en un proceso de cambio. A la imagen no le importa lo que su protagonista llegará a ser, o lo que podría haber sido, sino sólo lo que es. Su indiferencia al tiempo la hace única y le confiere pureza. En ese sentido, Stefan no miente, no falsea un proceso de degeneración inevitable que acabará en los grotescos frutos de la descomposición, de la misma forma que el retrato de un hombre vivo no engaña a nadie sobre su envejecimiento posterior ni sobre su futura muerte.

Cuando Stefan ha terminado su trabajo, Peter entra en el estudio y, ayudado por otro celador, desvisten el cadáver de Theodor Polster, cepillan y cuelgan de nuevo el uniforme, y se llevan el muerto al cementerio enfundado en un saco negro. Stefan prefiere no asistir a ese último proceso. Mientras los dos celadores hacen su trabajo, él se lava las manos y los brazos hasta los codos para quitarse el pegajoso olor a muerto, recoge todos los útiles y guarda con una meticulosidad obsesiva el equipo fotográfico; no quiere escuchar el rutinario responso del capellán, ni ver caer el cuerpo sin vida en el fondo de la fosa, no quiere oír el golpe seco del bulto al impactar contra el fondo de la sepultura, ni el prolongado chasquido de la arena al cubrir la bolsa; prefiere recordar a sus modelos limpios y uniformados, tal como él los retrató, tal como los verán sus padres, porque piensa que es mejor descansar en el espejismo de un recuerdo amable que en una fría aldea de tumbas.

18

EN LA TRINCHERA de fuego, Arthur se convence aún más de su insignificante papel en la guerra. Los soldados rasos como él no pueden disparar, ni siquiera asomar la cabeza por encima del borde de los sacos terreros, sólo tienen que esperar, sacar a los muertos de la trinchera, recomponer los defectos de las paredes, estar alerta y mantener despejado el camino. Los únicos que están autorizados a disparar sin recibir una orden son los francotiradores y los artilleros de los puestos de ametralladora, que escupen un fuego constante y ensordecedor, pero de dudosa eficacia.

Lleva la mochila a la espalda, el fusil Gewehr con la bayoneta calada por si se produce un asalto, dos granadas de mango de raqueta y tres peines de munición, pero su trabajo inmediato es despejar la trinchera de cadáveres, casi siempre mutilados e irreconocibles. Los serbios han atacado durante la noche con granadas rompedoras, que explotan en altura, y su furiosa lluvia de fragmentos de metal al rojo ha hecho estragos en el relevo anterior.

No quiere pensarlo, pero en algún momento se cumplirán los rumores y recibirán la orden de atacar, y tendrán que salir de la trinchera, arrastrarse por debajo de las alambradas, cruzar la tierra de nadie confiando en que no los alcance el fuego serbio, volver a arrastrarse bajo las alambradas del enemigo sin quedarse prendido en ellas e invadir su trinchera. Es la rutina de la guerra moderna. Las líneas se mantienen estáticas, y durante un largo periodo de tiempo las fuerzas se enfrentan en pequeñas escaramuzas que mantienen la actividad y la moral de las tropas; en realidad, el objetivo es desgastar las fuerzas del enemigo hasta el día en que el alto mando decida la invasión. Puede pasar mucho tiempo hasta que llegue ese momento, a veces incluso meses, porque debe estar muy bien planificado para tener éxito, coordinado con la artillería y en las mejores condiciones atmosféricas. En cualquier caso, se cobrará un elevado número de bajas, pues la vigilancia mutua es permanente, y la sorpresa, casi imposible.

En realidad es deseable que sea el bando contrario el que emprenda el asalto. Ante una defensa bien planteada, el número de bajas suele ser mayor en el ejército atacante; de hecho, algunos estrategas descartan como iniciativa el ataque frontal contra la trinchera enemiga por considerarlo una maniobra suicida, y se plantean una posición de larga resistencia para preparar un ataque final de desborde por los flancos.

Pero los soldados de las trincheras nunca saben qué maniobra ordenarán sus generales, ignoran si en el cuartel de operaciones esos eminentes especialistas considerarán que el sexto cuerpo del segundo ejército imperial es básico o sacrificable, si debe mantener la posición para fijar la defensa serbia en el punto exacto donde se encuentra en ese momento o actuar como señuelo para facilitar un movimiento lateral de otra sección.

Hoy el frente se mantiene tranquilo, los cañones austriacos están lanzando obuses contra las líneas serbias con una cadencia lenta, los proyectiles surcan el cielo sobre sus cabezas y explotan en la distancia retumbando en sus pechos y en sus oídos con una intensidad brutal, serena y constante. Es una calma engañosa, porque anuncia un contraataque similar en el que ellos serán el objetivo. Arthur no quiere imaginar cómo será la explosión cercana de uno de esos enormes proyectiles, y desea con fuerza que sus baterías acaben con las del enemigo, o al menos que termine su turno antes de que ellos activen su artillería. No le gusta descubrirse pensando que para que él sobreviva será necesario que mueran otros de su propio bando, pero comprende que debe asumir la lógica de la guerra, que no cabe una excepción por nadie. Está a punto de comprender que el miedo no sólo es una perturbación del ánimo, y que no se detiene en desordenar nuestras prioridades y hacerlas sucumbir en una espiral de despropósitos, sino que puede tomar cuerpo e instalarse en los miembros y en las vísceras, en cada uno de nuestros músculos, que puede hacernos temblar, y paralizarnos, y que también es capaz de distorsionar nuestra capacidad de decisión y empujarnos a cometer una imprudencia.

Arthur sabe que el miedo se alimenta de la ignorancia, que el hombre lleva siglos espantando sus propios fantasmas a medida que los conoce y es capaz de mirarlos a los ojos, y siente curiosidad por ver algo más del escenario de la contienda, algo distinto de lo que sabe por sus costumbres de topo, siempre vagando junto a las ratas por debajo de la superficie. Pega el cuerpo a la pared anterior de la trinchera y, ante la indiferencia de todos, trepa muy despacio por ella, hasta que asoma los ojos por encima de las bolsas de arena. Tiene ante él una densa red de alambre de espino en la que están ensartados varios soldados, pudriéndose con una lentitud obscena al débil sol del invierno sin que nadie se atreva a salir para enterrarlos; más allá está la tierra de nadie, una extensa superficie herida por inmensos socavones, y al fondo le parece divisar una línea elevada e irregular, quizá de sacos terreros, tras la cual sospecha que se esconden los serbios. Una imagen en espejo, una realidad dual en la que tal vez otro muchacho, tan descreído de las patrias y las banderas como él, esté encaramado en el borde de su propia trinchera buscando en el horizonte alguien a quien odiar cuando lleguen sus balas, intentando comprender a la vez que él esa absurda paradoja simétrica en la que matar y morir carecen de los mínimos de dignidad más elementales.

—¡La curiosidad mató al gato! —escucha a su espalda a la vez que una mano tira hacia abajo de sus piernas y le hace caer al suelo.

Es el cabo Roediger, un veterano serio e inteligente, alguien a quien Arthur respeta.

—Eso que has hecho está prohibido. Si te hubiera visto un francotirador serbio ya estarías muerto. Debería detenerte.

—Lo siento, cabo, no volverá a suceder —dice Arthur mientras se incorpora.

—¿Querías ponerle cara al enemigo?

—Sí.

—¿Y piensas que eso va a ayudarte?

—No lo sé, cabo.

—Aquí hay gente que muere todos los días sin llegar a ver a un solo serbio. Yo te diré cómo son: tienen dos ojos, una nariz y una boca, algunos son morenos, con un tono de piel aceitunado, pero otros son pálidos, y tan rubios como nosotros. Suelen estar enfadados, casi tanto como lo estarías tú si el frente quedara a una jornada de tu casa y estuviera en peligro la vida de tu familia. Nos odian porque hemos invadido su país, y si divisan una de nuestras imperiales cabezas asomando por encima de la trinchera, disparan. Y tienen buena puntería, los serbios nunca han sido unos enemigos fáciles. ¿Sabes qué hacían sus antepasados con los prisioneros turcos? Los empalaban. Les metían un palo por el culo y se lo sacaban por la boca. Luego los dejaban clavados en los márgenes de los caminos, para que todos supieran cómo tratan los serbios a quienes invaden su tierra. No te expongas sin necesidad. Es por tu bien, soldado, no es un capricho. Vuelve a tu puesto.

Arthur acepta la reprimenda del cabo Roediger y regresa a su posición. Ha arriesgado su vida por una estupidez, y se alegra de haber sobrevivido. Sin embargo, ahora sabe qué hay más allá, ha mirado a los ojos de ese fantasma y comprende que él mismo forma parte de un equilibrio demencial.

19

ESA NOCHE STEFAN sueña con María. Sueña que le confiesa su amor con una naturalidad exenta de malicia, y que ella no ve ningún inconveniente en la diferencia de edad. Sueña que la acaricia, y que la joven recibe el contacto de sus manos con sutiles estremecimientos de placer. La intuye con la piel suave, salpicada por un delicioso desorden de pequeños lunares, ágil, apasionada, espontánea, sin el incómodo recato de las jóvenes de su generación. Percibe su agradable olor, y el tacto húmedo de sus labios, y poco después, para su disgusto, la excitación lo despierta sin haberla poseído.

Por la mañana, cuando acude a desayunar, ve a María más hermosa que nunca y le dedica una sonrisa cómplice, sin darse cuenta de que ella es ajena a la tormenta de su subconsciente.

Stefan se conoce, y sabe que si ha soñado con María ya no tendrá descanso, que más tarde o más temprano habrá de encontrar el valor y el momento para decirle que la ama. Intenta convencerse de que los hombres y las mujeres buscamos cualidades distintas en el otro sexo, que mientras los hombres prefieren rodearse de belleza, juventud y lozanía, las mujeres desean inteligencia, estabilidad y protección, y que si por fortuna es así también con María, porque la experiencia le ha demostrado la inutilidad de los axiomas en las relaciones humanas, ella verá con agrado cualquier aproximación por su parte. Además, hasta ahora siempre se ha mostrado amable y cercana con él, mucho más que Gertrud, la otra enfermera, una cuarentona autosuficiente que parece no tener ojos más que para el doctor Keller.

Le da vergüenza recrearse en esos pensamientos, hacer el mismo juego de conjeturas sinuosas con el que tanto tiempo perdió durante su adolescencia, cuando por un exceso de especulaciones fue incapaz de acercarse a las chicas que verdaderamente lo cautivaban y tuvo que conformarse con aquellas otras, sin duda menos atractivas pero más accesibles, que tomaban la iniciativa y enseñaban con picardía sus cartas. Eso lo llevó a tener muchas relaciones, a conocer a un buen número de mujeres sin entregarse a ninguna. El verdadero amor había sido esquivo con él. Ahora ya no se siente con fuerzas para enamorar a nadie, ya no sabe de qué atributos presumir, porque el tiempo ha consumido buena parte de sus fuerzas, y el alcohol y la tristeza han mermado su ingenio hasta dejarlo al ras de lo anodino; ni siquiera puede alardear ya de su profesión de fotógrafo, que en tiempo de paz atraía a las jóvenes de todas las clases sociales por la posibilidad de verse retratadas como si fueran grandes damas, pero que en el escenario de la guerra se ha convertido en un oficio de difuntos.

El hecho de haberse enamorado de una mujer tan joven casi le parece perverso, una forma esencial de fracaso. No de un fracaso personal, sino del fracaso absoluto de la biología ante el paso del tiempo. Si su naturaleza sigue inclinándose ante la belleza de María, si cualquier pensamiento carnal acerca de ella lo encrespa, ¿por qué esa belleza no se muestra receptiva?

Desde su separación, hace casi diez años, no ha sentido nada igual. En realidad no recuerda un estremecimiento semejante. Ni recuerda haberse preocupado tanto por la posibilidad de una negativa, porque en ese tiempo sus insinuaciones a las mujeres han sido dardos envenenados, elogios vacíos que cabalgaban insensibles sobre mentiras sin más propósito que demostrarle a una hembra, elegida sin demasiada reflexión, un deseo primario y fugaz. No ha tenido muchos problemas para encontrar pareja, ni se ha permitido compartir con ellas lo suficiente como para sentirse atado, sencillamente porque no las amaba.

¿Por qué regresa ahora ese miedo al fracaso que lo atenazó en su primera juventud? ¿Es un síntoma más de la decadencia de su cerebro? Stefan no se encuentra cómodo entre tantas dudas, en medio de tales incertidumbres, pero algo en su interior lo hace vibrar y sentirse vivo, algo intenso que ha borrado la pereza, que le ha devuelto el brillo a su mirada; un sentimiento primitivo e incorregible que le sorprende haciéndole desear que esa guerra nunca termine para que él pueda seguir cerca de María.

En los últimos años, su creciente desánimo frente a la conquista lo había llevado a frecuentar algunos burdeles, a pagar a jóvenes desconocidas por un alivio inmediato. No le importaba la compañía de las prostitutas, veía en ellas cierta necesidad de afecto que lo estimulaba, que despertaba su piedad, una forma de vida distinta, libre de deudas morales, plena de sinceridad y en absoluto despreciable; pero el miedo a la sífilis, y una lánguida decepción tras cada uno de aquellos encuentros, que él interpretaba como miradas al fondo de un abismo, terminaron alejándolo de un ambiente que nunca llegó a parecerle ni tan desagradable ni tan abyecto como lo dibuja la virtud convencional.

A partir de ese momento decidió vivir en medio de la renuncia, ahogado por un deseo sin objeto definido que, tal como le había anunciado su padre, se mostraba implacable e incesante. Hasta que conoció a María, podría haber presumido de estar adaptado a una castidad desolada, a una forma muda de contención erótica. Pero ahora todo se ha vuelto incierto, todo se derrumba y se reordena ante sus propios ojos por la sola presencia de esa mujer sin que ella haga nada para provocarlo, y sin que él mismo sienta el más mínimo deseo de gobernarlo.

20

CUANDO LO RELEVAN de la trinchera de fuego, Arthur ya sabe lo que es ser un superviviente. Conoce la devastación y el horror, intuye que la vida de los soldados es un concepto prescindible, una mera variable sobre un escenario a escala en el que los ejércitos están representados por minúsculos banderines y los ríos y las montañas son sólo líneas de colores que condicionan sus movimientos, y tiene una permanente sensación de peligro, a la que no quiere acostumbrarse, porque son muchos los que caen como consecuencia de un descuido. Ha visto a la muerte pasearse por la trinchera y elegir a su víctima sin miramientos entre el ruido y la confusión, muy cerca de él, tanto, que nada le impide pensar que él mismo podría ser el próximo.

Los envían al campo de entrenamiento, en la retaguardia, y eso les permite respirar con la infundada esperanza de que la guerra termine durante esa misma semana, que desde allí no haya que volver a las trincheras, sino a la distante tranquilidad de sus hogares. Los soldados carecen de cualquier tipo de información sobre el curso de la contienda, no saben nada del frente francés, donde ya han caído miles de hombres, ni del gélido frente ruso, ni de la extensión de la guerra a toda Europa, y su ignorancia pueril les permite soñar. De camino se cruzan con un retén de novatos que ocuparán sus puestos en el reino del azufre, entonces comprenden la mirada silenciosa de los veteranos que hace algún tiempo los vieron llegar a ellos: no hubo desprecio en aquel gesto, sólo compasión.

En el campo de entrenamiento, que es una explanada yerma escondida entre pinares, les hacen responder un cuestionario con preguntas infantiles sobre la organización del ejército, la historia del Imperio austrohúngaro y problemas de aritmética elemental que sólo buscan descartar a los menos inteligentes.

Después llevan a los aprobados al campo de tiro, les cuelgan un cartón con un número al cuello y les ordenan disparar a una diana situada a treinta pasos. Arthur lleva el número ocho. Apunta y hace sus tres disparos. Un sargento comprueba con un catalejo de bolsillo la puntuación y la escribe por detrás de su número.

—Dos, cinco, ocho y catorce, vengan conmigo —dice el sargento después de examinar todos los cartones.

Los cuatro muchachos lo siguen sin saber si han superado la prueba o si han fracasado; todos tienen la sensación de haber disparado bien, pero no dicen nada. Arthur ya destacó en las pruebas de habilidad del campamento, y le resulta fácil acertar en el centro de la diana a esa distancia. Ha estado tentado de fallar a propósito, de no brillar en ningún papel para que no lo carguen con nuevas responsabilidades, pero por una vez ha hecho una excepción y ha preferido saborear el momento, presumir ante sus compañeros de aquello que hace bien.

El sargento se detiene ante otra calle de tiro; en ella la diana es más pequeña y se encuentra a cincuenta pasos. Uno por uno los sitúa y hace que vuelvan a disparar otras tres veces, apuntando de nuevo el resultado en el dorso del número.

—Dos y catorce —dice el sargento sin variar la entonación—, vuelvan al grupo e incorpórense al entrenamiento general. Cinco y ocho, van a iniciar conmigo la preparación como francotiradores. Díganme sus nombres.

—Helmut Fitche —dice el número cinco.

—Arthur Klammer. ¿Puedo hacerle una pregunta, sargento?

El sargento asiente con incomodidad. A ningún superior le gusta responder a las preguntas de un subordinado. Y no es por presunción: tienen miedo a hacer el ridículo por no saber la respuesta.

—Cuando terminemos esa preparación... ¿qué tendremos que hacer?

—Rotaréis dos semanas en los puestos de disparo de la trinchera de ataque, una en la de reserva y otra semana en el campo de entrenamiento. Ración y media de rancho y un permiso de dos días al mes. El destino es un privilegio por vuestra buena puntería. No lo desaprovechéis.

Arthur considera beneficioso que lo entrenen para mejorar su puntería y que le proporcionen más munición y un fusil mejor calibrado que el suyo. Ya se ha dado cuenta de que en esa guerra se mata y se muere sin acercarse al enemigo, a distancia, como en un macabro juego de feria en el que se dispara a un payaso lejano que tiene una diana en la frente. Sabe también que, como en todas las ferias, hay un componente de azar, un destino voluble e imposible de predecir ante el cual su vida no vale más que la de cualquier otro soldado menos competente. Todavía no ha matado a nadie, ni sabe cómo responderá cuando tenga a tiro al primer serbio y sepa que, si aprieta el gatillo, ese joven dejará de existir por mérito de su nuevo cargo de exterminador de hombres. No quiere pensarlo ahora, sólo quiere disfrutar de la semana de entrenamiento que tiene por delante lejos del frente, hacer algo de ejercicio con sus compañeros, pasar revista al amanecer y disparar a un muñeco de cartón, lejos de esa línea roja en el mapa a donde los señores de la guerra han decidido que los súbditos del imperio vayan a matar y a morir.

21

STEFAN HA FOTOGRAFIADO a muchos cadáveres. La guerra vomita soldados muertos todos los días, y el doctor Keller ya ha sido capaz de estimar una estadística: con un tratamiento quirúrgico adecuado, mueren uno de cada diez heridos en los miembros, cinco de cada diez heridos en el tórax y nueve de cada diez heridos en el abdomen; sin tratamiento, sólo sobrevive uno de cada cincuenta. En la zona de las trincheras, de cada diez muertos, siete fallecen por causa de heridas de guerra, uno por pulmonía o enfriamiento y dos por fiebres desconocidas.

—¿Fiebres desconocidas? —le pregunta Stefan.

—Sí, desconocidas, sin una infección evidente. Se mueren después de cinco o seis días de fiebre en picos, con intensos dolores en las piernas y detrás de los ojos, y con una exagerada sensibilidad en la piel que los hace irritables. Cuando los veo morir, después de tanto sufrimiento, creo que descansan. Ni siquiera sé si es una enfermedad nueva o una forma distinta de alguna ya conocida. He escrito a algunos colegas, pero están tan desconcertados como yo. Lamentablemente, sólo estamos seguros de que no sabemos curarla: no responde a la quinina, al salvarsán ni al antimonio.

En poco tiempo, la vida tediosa y rutinaria de Stefan, con las fotografías diarias a los presos de la cárcel de Sarajevo y sus tardes en las tabernas, ha cambiado de una forma radical; ya no bebe, pasó un breve síndrome de abstinencia al llegar al hospital de campaña, que escondió a las miradas de los demás refugiándose en su estudio, y decidió no probar el alcohol durante el tiempo que durase su contrato con la Cruz Roja; ahora su vida corre peligro, no sólo por estar en el escenario de una contienda que progresa y no parece encontrar descanso, sino por esa extraña enfermedad invisible que tanto preocupa a los médicos; y a pesar de todo, se siente bien con su nueva vida, por haber dejado el alcohol, por el reconocimiento por su trabajo, por las estimulantes conversaciones con el doctor Keller y, sobre todo, por estar cerca de María.

—¿Estás comprometida? —le pregunta un día sin mirarla, sorprendido de su propio atrevimiento, mientras ella lo ayuda a vestir un cadáver.

—Estoy soltera.

—Ya sé que estás soltera. Me refiero a si tienes algún compromiso, si hay alguien que te espera.

María hace una pausa antes de contestar, como si quisiera medir sus palabras, o como si supiera que todo aquello que va a decir volverá a abrir sus heridas. Podría contestar sólo que sí, o que no, dar una respuesta sin margen de duda e interrumpir con ello la conversación, pero decide sincerarse con Stefan.

—Antes de salir de Buda, Kristof Fazekas me pidió matrimonio. Nos habíamos visto muchas veces, desde niños, y me sorprendió que se hubiera fijado en mí, porque antes, en todo ese tiempo, nunca me había demostrado ningún interés. Era un chico tímido, pero también jovial, entusiasta, alguien querido por todos, una de esas personas que nunca hieren a los demás. El día que estalló la guerra, Kristof se alistó, fue uno de los primeros en hacerlo, salió a celebrarlo con sus hermanos, y después de beber con ellos encontró las fuerzas y las palabras para decirme que siempre me había amado, pero que nunca se había atrevido a decírmelo; entonces tenía que marcharse al frente, montaría en un tren al cabo de una semana, y quería saber si allí donde lo mandaran podía pensar en mí como en su futura esposa. Yo no lo amaba, sólo simpatizaba con él, pero su gesto me pareció admirable, y sin pensarlo demasiado acepté. Kristof me besó en la mejilla y salió corriendo como lo habría hecho un niño en pos de sus sueños. El día de su partida fui a despedirlo a la estación; allí le prometí esperarlo, nos cogimos las manos y nos besamos por primera y última vez en los labios. Me emocionó ver cómo se marchaba sacando medio cuerpo por la ventanilla del tren y gritando que me quería. Dos meses después, su madre fue a visitarme para decirme que su hijo, mi prometido, había muerto en los Balcanes.

María se ha quedado quieta, y Stefan sigue vistiendo solo al cadáver sin saber qué decir, en la duda de si debe disculparse por haber iniciado esa conversación o mantenerse en silencio. La mira y ve que sus ojos verdes se han vuelto líquidos, casi transparentes.

—¿Lloras por él? —le pregunta Stefan—. He creído entender que no lo amabas.

—Lloro su pérdida, sus ilusiones rotas. La vida que no va a tener. No te imaginas la agitación de su mirada cuando se despidió de mí en el andén. Parecía que iba a conquistar Europa y a traérmela en una bandeja. Por primera vez en mi vida, alguien conseguía que me sintiera importante, me hacía sentir una privilegiada entre las demás. A veces el amor llega de repente, te invade y te confunde, y es hermoso que sea así, pero en otras ocasiones sólo se desliza, como el agua entre los dedos, para después hacerse profundo y cambiarlo todo; creo que si aquel muchacho bueno y apasionado no hubiera muerto, a su regreso yo habría hecho cuanto hubiera estado en mi mano para hacerlo feliz.

Terminan entre los dos de uniformar el cadáver del soldado Gerhard Oehler, una bala le ha roto el esternón y la aorta, por lo que debió de morir al instante y sin apenas sufrimiento. Su rostro está limpio y sereno, casi sorprendido, y Stefan podrá componer con él una imagen amable para enviar a su familia en Melk.

Al finalizar el trabajo, María está sumida en la tristeza, en una tristeza lacerante y profunda que ha conseguido apartarla de la realidad y desplazarla a esa región indefinida donde nos acechan las sombras del pasado; se despide de Stefan con un silencioso gesto de respeto y sale del estudio.

Dentro, Stefan se sienta en un taburete, abrumado por su narración. Él la ama con todo su ser, con una pasión desquiciada capaz de vencer cualquier convencionalismo, y sin embargo su presencia es intrascendente para ella: si María sintiera algo por él, si hubiese considerado la lejana posibilidad de verlo no como a un individuo mayor, en el declive de su vida y entregado a un oficio lúgubre y extraño, sino como a un hombre normal, capaz de ofrecerle un nuevo horizonte lleno de experiencias y de sorpresas, capaz de amarla como sólo puede hacerlo quien se encuentra ante su última oportunidad, ella no habría dedicado tanto tiempo ni tanto detalle, ni se habría empleado con tanta emoción, para explicarle la cristalina pureza de su amor por otro hombre.

22

DURANTE EL ENTRENAMIENTO como francotirador, Arthur aprende a conservar el arma en las mejores condiciones, a limpiarla con una minuciosidad de relojero, a buscar un buen punto de apoyo que evite las vibraciones, a protegerse del retroceso, a elevar el ángulo de tiro en función de la distancia; le dicen que en las líneas enemigas habrá otros francotiradores buscando el destello de su detonación para disparar de inmediato sobre él, y que por eso deberá retirarse nada más hacer el disparo, y tirar sólo desde las troneras. Cuando escucha todas esas explicaciones, Arthur se pregunta si su vida correrá más o menos riesgo con ese empleo que con cualquier otro. No cree en la predestinación, no piensa, como algunos de sus compañeros, que determinadas personas están marcadas para morir, y que ninguna de sus acciones puede alterar su suerte; para él no existe un futuro inamovible, sino un laberinto de posibilidades que conduce a futuros distintos, entre los cuales podemos elegir.

Al caer la tarde, Arthur y Helmut Fitche se sientan en el suelo y hablan de cualquier banalidad. Hay cierta competencia entre ellos, Arthur dispara mejor y Helmut siente envidia. La relación no tiene nada en común con la edificante amistad que lo unía a Franz. Arthur echa de menos a ese pelirrojo culto y apasionado que llegó al frente para ganar la guerra por su país y cayó herido en la primera explosión. Ojalá estuviera allí con él en vez de con ese palurdo de cara arrugada y mirada oblicua que desconfía de todo y de todos.

—¿De dónde eres? —le pregunta Arthur por cortesía, después de que Helmut lo haya interrogado hasta la extenuación sobre los detalles más mundanos de Viena.

—De Gmunden, a orillas del lago Traunsee. —Helmut contesta con una sonrisa pueril, como si haber nacido en ese pequeño pueblo fuese un verdadero privilegio.

—Buena pesca, ¿no? —improvisa Arthur.

—Ya lo creo. De junio a septiembre tenemos las mejores truchas de Austria. Tendrías que verlas, brillantes, enormes y asalmonadas, y muy luchadoras, es difícil sacarlas del agua. Yo antes usaba cebo de lombriz de tierra, pero consigo mejores piezas desde que uso larvas.

A Arthur no le interesa la pesca, ni la cetrería, ni subir montañas, ni nada de lo que parece que da sentido a la bucólica vida de Helmut. A él le gusta escribir, y leer a los autores que revolucionaron la literatura: Homero, Platón, Cervantes, Shakespeare, Goethe... cuánto daría por disfrutar allí de alguno de sus libros y no tener que matar el tiempo con conversaciones vacías. Por las noches, después del toque de silencio, Arthur saca una pequeña libreta y escribe algunas de sus sensaciones del día; se deleita extrayendo palabras de los secretos recovecos de la imaginación, haciendo aflorar los murmullos del inconsciente; no son relatos, ni siquiera un diario, quiere pensar que son apuntes para una hermosa novela que describa el horror y la miseria de las trincheras; una novela escrita contra la guerra, contra la falsa redención del sacrificio personal, contra quienes transforman en héroes a los muertos, contra la decrepitud del imperialismo. La experiencia alimenta al escritor, y él es consciente de estar viviendo unos instantes únicos. A veces se detiene para observar las reacciones de sus compañeros ante el miedo o ante el dolor. No lo hace llevado por la curiosidad, ni mucho menos por el sadismo; comparte su malestar, pero sabe que la proximidad al sufrimiento lo ayudará a encender en el futuro el fuego de la creación.

Esa noche empieza una carta para su madre, una carta en la que, por primera vez en su vida, Arthur va a atreverse a darle las gracias por sus cuidados y a reconocer que en su comportamiento con ella ha sido casi siempre negligente y egoísta. Tal vez la distancia le permite apartarse de una actitud inmadura que ha hecho dudar a su madre más de una vez de la capacidad de amar de su hijo, o quizá ahora, tan lejos de las sencillas comodidades que compartió con ella, les da el verdadero valor que sin duda tenían. Todo influye en Arthur; la nostalgia, la soledad, la tristeza, la permanente añoranza por aquello que tuvo y que ya no sabe si volverá a tener, todo se funde en el trazo rápido de su escritura para que vea la luz una carta emotiva y hermosa, una recapitulación de culpas y de buenos propósitos que hará brotar lágrimas de una intensa satisfacción cuando algunas semanas después la lea su madre. Ella sabrá entonces que su hijo aún está vivo, que la ama, y que el denodado esfuerzo que ha hecho por él no habrá sido baldío. Nada satisface más a una madre que descubrir una traza de amor en la mirada de su hijo; y nada vacía más su corazón que esperar un día tras otro sin recibirla. El adolescente que la despreciaba con sus silencios, el tirano que ignoraba su decidido esfuerzo por mantener vivo el hogar, se había marchado al frente para no volver, y aquel otro que llegará cuando esa desesperante guerra termine será un joven distinto, alguien más profundo y reflexivo, sensible al dolor y a la compasión, a la generosidad y al sacrificio.

Cuando termina la carta, Arthur tiene la cara humedecida por las lágrimas; ¿por qué le había regateado a su madre hasta entonces las muestras más elementales de cariño?; ¿por qué la había hecho sentir responsable de cualquier obstáculo que hubiese aparecido en su vida? Tal vez no era con ella con quien tuviera que ajustar cuentas.

23

STEFAN COMPARA sus cincuenta años con los que tuvo su padre y siente una clara desventaja. Cuando a esa edad Sebastián Adler paseaba por los jardines de Viena, los hombres más cultivados reconocían al prestigioso pintor y en ocasiones se detenían para hablar con él, y las mujeres lo observaban y se mostraban coquetas en su presencia. Él, sin embargo, carece por completo de ese magnetismo; puede que lo hubiera tenido en su primera juventud, cuando disfrutó de una belleza efímera, pero desde luego no supo aprovecharlo. Su padre enviudó joven y no volvió a casarse, se rodeó de las modelos más hermosas de Austria y, llegado a los cincuenta años, alternaba con mujeres de la edad de su hijo, que tan pronto lo trataban con complicidad como con indolencia. Sebastián Adler fue deliberadamente superficial en sus relaciones, no porque rechazase la intimidad con otras personas, sino porque siempre se negó a permitir que alguien irrumpiera en su universo. Allí sólo estaban la pintura, él y su hijo, y una mujer distinta cada dos o tres semanas.

—Si se quedan más de un mes no hay quien las eche —le confesó a Stefan tras una prolongada discusión con una alemana iracunda que no aceptaba el rechazo.

Stefan nunca ha sido capaz de reproducir esa actitud. Es muy torpe a la hora de las rupturas, no le gusta hacer daño, le desagrada la idea de fingir desidia o crueldad para hacer más verosímil un abandono, y le cuesta mucho poner a prueba su capacidad de seducción; su miedo al fracaso ya lo atenazó durante buena parte de su juventud, y ahora, trabado por la edad, su incapacidad para actuar de una forma distinta es más que evidente. Decide que no es el momento de abrir su corazón a María. Decide sentarse a esperar la buena noticia de que ella empieza a ver en él a un hombre distinto. No ignora que su actitud es cobarde, y que lo más probable es que María nunca le diga nada, al margen de cuáles puedan ser sus sentimientos hacia él; sin embargo, se siente cómodo al descargarse de la ansiedad de tener que iniciar con ella una conversación con pocas posibilidades de éxito, no quiere entablar un desatinado intercambio de frases que puede hacer incómoda su convivencia en el hospital y apartarla definitivamente de su lado.

Por la tarde, terminado el trabajo en su estudio, Stefan revisa y clasifica sus fotografías, deambula entre las carpas del hospital, ayuda al doctor Keller en lo que está en su mano y después se sienta con él a charlar sobre las incidencias del día. María y Gertrud no siempre los acompañan, con frecuencia tienen otras ocupaciones y se mantienen próximas, pero atareadas. Stefan encuentra cierta recompensa con esa actitud, porque puede estar cerca de María, puede incluso observarla sin que ella perciba su interés. La mira cuando recoge la sala y ordena todo el material del quirófano, le gusta su sentido del orden y su meticulosa forma de trabajar, la saluda con un gesto, y ella sonríe y se retira el pelo del rostro mientras baja la mirada; para Stefan cualquiera de sus movimientos está cargado de feminidad: el ligero contoneo cuando camina; su elegante corrección en la mesa; su forma de sentarse, juntando las rodillas y llevando con las manos hacia delante el pliegue de la falda; todo le parece impregnado de un erotismo espontáneo y natural. No le importa lo que haga ni lo que diga, su voz le resulta siempre dulce, y sus pensamientos, prudentes. No intenta negar sus deseos hacia ella, ni quiere que desaparezcan, pero lucha todos los días por disimularlos; ansía que suceda algo, aunque no se atreve a provocarlo: con la edad ha desarrollado una forma acuciante de impaciencia, un desasosiego mudo y continuo.

A veces se pierde en necias ensoñaciones, se imagina enfermo, víctima de esa extraña enfermedad de la que habla el doctor Keller: lo ingresan en el hospital con fiebres altas y dolores en las piernas, en una de las camas que están a cargo de María, y ella lo atiende y vela por él mientras su cuerpo se precipita en una sima de complicaciones que hacen más intensa la relación; entonces se atreve a hablar con ella, a susurrarle la verdad al oído, la cercanía a la muerte le da el suficiente valor para confesarle sus sentimientos. En otras ocasiones se sorprende a sí mismo vagabundeando con su cámara portátil por los alrededores del hospital, tan ausente de la realidad y tan despreocupado como lo haría el cliente de un balneario. En esos momentos suele necesitar una explosión, o un grito de dolor, para volver al mundo y recuperar el ritmo que le impone la guerra. Entonces regresa corriendo, empujado por la vergüenza.

Cuando reflexiona a solas, cuando se encuentra a sí mismo y se descubre tan cargado de miedos e inseguridades, desearía volver atrás y cambiar uno por uno todos sus principios, conducir su vida por caminos distintos de los que ya ha transitado, hacerse un hombre nuevo, con otro pasado y otros defectos más tolerables. Querría no haber complacido en todo a su padre, no haber empezado nunca a pintar, no haberse casado, no haber huido siempre, no haber recorrido cada una de las estaciones del incómodo vía crucis con el que la sociedad se asegura de que sus miembros van a ser dóciles y eficientes. Durante esas especulaciones, que son tan amargas como reveladoras, Stefan se acerca a un estado de plenitud y armonía que le recuerda el final de su adolescencia, cuando aún no tenía nada pero miraba al futuro con la certeza de que podría conquistarlo todo. Ese tiempo de intenso optimismo y tardes de largos paseos junto a sus amigos de la infancia es su mejor patrimonio, pero ahora lo conduce a una frustración afligida, al insidioso recordatorio de que todas aquellas esperanzas no se cumplieron.

24

CUANDO TERMINA el entrenamiento como francotirador, Arthur es destinado a uno de los puestos en la trinchera de fuego. Es un pequeño cubículo rectangular excavado en la tierra, algo elevado sobre el suelo de la trinchera, del que lo separa un escalón; está completamente rodeado de sacos terreros que dejan libre una estrecha tronera a través de la cual debe vigilar durante turnos de ocho horas. Tiene orden de disparar a cualquier objetivo que se mueva en las líneas enemigas. Le avisan del inconveniente de hacerlo durante la mañana, pues la orientación hacia el noreste de la trinchera dificulta la visibilidad.

—Por la tarde ellos tienen el sol en los ojos y tú tienes ventaja, por la mañana es al revés, procura no exponerte.

Al amanecer, Arthur se acomoda en su reducida estancia, el sol que entra por la tronera es un violento surtidor de luz y le hiere los ojos, por lo que no puede ver nada. Comprueba el arma, cuenta la munición y se entretiene observando el esporádico desplazamiento de las ratas por la trinchera, que hacen eses irregulares de uno a otro lado sin alterarse por su presencia. Antes de la guerra sólo había visto ratas en el campo, de color marrón y bastante más grandes que estas desagradables descaradas. La trinchera está llena de unas ratas grises de hocico fino y nervioso, con el rabo pelado, que hacen sus madrigueras aprovechando los socavones de los obuses y se alimentan de los restos de comida que les proporciona el ejército. A veces los soldados las ensartan con la bayoneta, porque tienen prohibido disparar dentro de la trinchera, y en otras ocasiones las dejan pasear con indiferencia, aceptando su repulsiva vecindad. Terminan acostumbrándose a las ratas, y a los piojos, y al sonido de las bombas, porque la guerra es también un lamentable proceso de cambio.

El sol comienza a elevarse, y Arthur se atreve a mirar a través de la tronera, siempre forma fugaz y sin exponerse, con una mano en la frente haciendo de visera. Puede ver las líneas enemigas, identifica su red de alambradas y la elevación de los sacos terreros, calcula que los separan algo más de cien pasos, y considera que a esa distancia no le será difícil hacer diana. Todo está tranquilo, no ha oído disparos en ninguno de los dos bandos.

A mediodía oye una detonación seca que proviene de las líneas enemigas. Mira por la tronera y no ve nada; sin embargo, hay movimiento en su propia trinchera, un francotirador enemigo ha disparado a un imprudente soldado austriaco y lo ha alcanzado en la cabeza. El muchacho ya está muerto, pero dos compañeros lo llevan con prisa hacia la enfermería, gritando para que les cedan el paso, tal vez para salir ellos mismos del riesgo durante unos instantes.

No ha visto el fogonazo del disparo, no sabe dónde está el francotirador serbio, y decide esperarlo.

La línea serbia de sacos terreros parece tranquila, pero sabe que detrás de ella se oculta la muerte. La recorre con la mirada queriendo buscar un indicio que le permita descubrir desde dónde escupe sus balas. Siente el latido apresurado del miedo, y la ansiedad que acompaña a quien conoce sus límites.

Al cabo de un rato ve un destello y escucha un impacto en la pared de sacos. Ahora el enemigo ha fallado, no hay bajas en su trinchera, pero ha desvelado su posición. Arthur se acomoda en su puesto, carga el fusil y asoma despacio el cañón de su arma por la tronera. Apunta con cuidado a la pequeña sombra desde la que le ha parecido que salía el destello, pone el dedo en el gatillo y espera.

Siente ansiedad. El corazón le late con fuerza, y necesita abrir la boca para respirar. No pierde de vista la diminuta sombra, que es un vértice oscuro, una guarida del miedo. Cuando entrenaba, suspendía la respiración unos segundos para disparar; ahora no sabe si tendrá tiempo para hacerlo. Detrás de él sigue la caótica vida de la trinchera, pero Arthur ha conseguido abstraerse.

De improviso, sin que nada lo anuncie, Arthur ve otro destello que precede a un ruido de disparo en el mismo punto donde percibió el anterior; casi sin pensar, como si llevara toda una vida de concienzudo entrenamiento, corta la respiración y aprieta el gatillo. Ve una pequeña nube de polvo en el lugar exacto donde él presumía que había hecho fuego el enemigo. Su disparo ha sido rápido y preciso. No sucede nada más. Ahora ha revelado su posición, y sabe que no debe volver a disparar desde ahí, tampoco asomarse por encima de los sacos.

¿Habrá matado al otro francotirador? No puede saberlo. Prefiere pensar que lo ha herido, no quiere imaginarlo con una bala en la frente, muerto y tirado en el suelo como un rebeco en el páramo.

Se horroriza al comprobar que no le remuerde la conciencia, querría lamentarse a gritos, salir corriendo hacia ninguna parte para recibir un disparo anónimo que le hiciera justicia, pero no lo hace, sabe que tendría que fingir, que ahora sólo siente curiosidad por saber si su puntería es tan buena en la vida real como en el campo de tiro.

Las mayores decepciones provienen de nosotros mismos. No hay sentimiento más amargo que el del propio desengaño, ni mirada más descorazonadora que la que lanzamos a nuestro presente desde la cálida luz de la infancia, cuando al imaginar el futuro nos intuíamos incapaces de hacer el mal.

«¿En qué me he convertido?», se pregunta Arthur, y cuando lo hace no piensa en el asesino, sino en el francotirador vanidoso que desea saber dónde ha puesto la bala.

25

STEFAN CREE que debe mantenerse ocupado, salir de esa incómoda espiral de autocompasión en la que nunca encuentra recompensa. Su primera iniciativa es ver menos a María, evitar las penosas consecuencias de la obsesión, hacer que sea ella, si así lo desea, quien lo extrañe y busque su compañía. Se encierra en su estudio y rescata los viejos archivos con los retratos de los presos de Sarajevo, incluyendo sus fichas fisiognómicas. Se ha llevado al frente todo el material: los libros, los instrumentos de medida, las muchas páginas de análisis morfológicos, por si en su nuevo destino encontraba tiempo para profundizar en sus teorías.

Tiene copia de todas las fotografías que ha hecho a los cadáveres de los soldados; las reúne y las extiende en el suelo del estudio, formando con ellas un mosaico siniestro.

Allí están Matthaus Schell, con la sutura en la cara; Theodor Polster, con sus rellenos de algodón en las mejillas; Gerhard Oehler, con su conmovedora expresión de sorpresa; y muchos otros, todos uniformados y en apariencia dormidos, sin huella de sufrimiento. Los ordena de forma cronológica, según el momento en el que les hizo la fotografía, y después los repasa uno por uno a la luz de las notas de su cuaderno: estudia su zona frontal, desde el nasión hasta el inicio del cuero cabelludo, que incluye la mayor parte de las cualidades intelectuales; la zona media o nasal, que habla de las emociones; y la zona inferior, por debajo de los labios, donde los estudios más certeros ubican la esfera de los instintos.

Descubre que hay un predominio de caras cuadradas, propias de personalidades activas e impetuosas, capaces de dar soluciones rápidas pero poco reflexivas; sin embargo, no abundan los perfiles cóncavos, aquellos que los expertos describen como indicativos de buenos modales, de individuos prudentes y cautelosos. Si tiene que hacer caso a esta doble asociación, entre los muertos en el frente destacan las personas con poca paciencia, los más arrojados, los que sobrevaloran sus capacidades.

En cuanto al tamaño de la frente, las pequeñas y rectangulares son las más habituales, casi siempre asociadas a cejas tupidas y gruesas; cree que esos soldados deben de haber sido en su mayoría personas prácticas y de carácter dominante, muy apegados a sus convicciones.

No estudia demasiado el patrón morfológico de los ojos, cree que en ellos es más patente la muerte, no quiere que sus miradas perdidas y la relajación de los músculos orbiculares alteren su análisis del resto de los parámetros. Está convencido de que los ojos de un muerto no pueden esconder ninguna verdad. Ha visto algunas fotografías post mórtem en las que el fotógrafo se ha afanado en fijar la mirada del cadáver en un punto indefinido para dar una ilusoria sensación de vida, pero el resultado siempre le ha parecido patético. Sólo mide la distancia entre los márgenes orbitarios y anota escuetamente los casos de hipertelorismo, aquellos con una separación mayor de lo normal entre las órbitas; ha leído en el boletín sanitario del doctor Keller que este hallazgo se asocia a algunos casos de gigantismo, y le parece interesante confirmarlo.

La nariz se afila en los cadáveres, al menos eso es lo que siempre ha oído. Lo cierto es que las fotografías son todas frontales, y eso le impide distinguir las narices con precisión; puede diferenciar las anchas de las finas, y adivinar cuáles son más grandes, pero le faltan datos para establecer con ellos un criterio estricto de clasificación. No quiere que su trabajo tenga puntos débiles que lo hagan fácil objeto de las críticas de otros estudiosos. Piensa que será útil incluir un plano lateral en los retratos que realice a partir de ahora.

Sin embargo, el estudio de la boca no le deja dudas: son mayoría los labios gruesos, con mentones prominentes, propios de las personas hedonistas, con inclinación a los excesos y difíciles de doblegar.

Descarta la posibilidad de hacer un perfil general, un arquetipo simplista del soldado muerto que sirva de modelo para representar la forma más frecuente de realidad; si lo hiciera podría hablar de un hombre de buena estructura ósea, con el rostro cuadrado, la frente rectangular y poco prominente, con cejas y labios gruesos, el mentón bien marcado, pero también de un hombre que acude al frente sin pensar que puede morir, un hombre normal, capaz de afrontar con seriedad y disciplina sus responsabilidades, con sentimientos, arrojado y valiente, que no ha valorado bien todos los riesgos y ha acabado dentro de una bolsa negra y anónima, en un cementerio húmedo detrás de un hospital de campaña. Considera que el análisis científico debe ser riguroso y huir de lo subjetivo, y que por eso su mejor aportación será una exposición detallada de los hallazgos, exenta de matizaciones.

Tal vez él mismo pueda emplear en el futuro toda esa información y compararla con los datos obtenidos de los delincuentes de Sarajevo, quizá sería una buena idea considerar a esos soldados sanos un grupo de control, sin una clara patología psicológica ni social, sobre los que establecer una tipología fisiognómica del austriaco joven y libre de enfermedad, y por oposición, otra del delincuente común. Sería un segundo servicio a su patria de esos soldados, otra forma de resultar útiles que podría redundar en algún beneficio, siquiera moral, para sus familias.

26

EL DÍA DE SU PRIMER permiso, Arthur acepta la propuesta de sus compañeros y visita la taberna de la carretera de Nustar. Al principio ha considerado la posibilidad de ir a ver a su madre, de sorprenderla con una visita inesperada, pero el largo trayecto, y el hecho de que seis horas después de llegar a Viena tendría que regresar a la estación para emprender el viaje de regreso, terminan de disuadirlo. No quiere hacer ese viaje solo. Si hubiera estado Franz habría sido distinto, podrían haber amenizado el recorrido hablando de sus gustos y sus temores, de sus sueños todavía pendientes de concreción, o cultivando su amistad con confidencias.

La taberna no está lejos, apenas a dos horas de viaje en la camioneta del correo; es un enorme caserón rústico, de madera pintada con cuadrados blancos y rojos, los colores del escudo de Croacia, y con un cartel rotulado sobre la puerta que pone: «La corona de Tomislav». En ese local nadie se acuerda de su primer rey, del hombre que unió bajo su cetro los ducados de Panonia y Dalmacia, y todos hablan de ella como La Corona.

Arthur conoce algunas casas de citas de Viena; aunque nunca las ha visitado, sabe dónde están y qué tipo de personas las frecuentan, son lugares de apariencia elegante, sin cristaleras a la calle, llenas de borrachos de última hora, de escritores y artistas, de solitarios. Siempre ha sentido una viva curiosidad por ese tipo de establecimientos, por saber cómo es la mecánica del amor por contrato, pero nunca ha encontrado el valor para entrar en uno de ellos.

El interior de La Corona es amplio, pero no muy luminoso, tiene algunos arcos de herradura que evocan la influencia turca y un suelo irregular de piezas de barro cocido que forman un extraño dibujo geométrico. No se parece en nada a la imagen que él presuponía. Es un recinto sencillo y rústico, sin ninguna sofisticación, con largas mesas de tablones de roble y un continuo ir y venir de camareras con grandes jarras de cerveza, frascas de vino y platos de asado.

Arthur y sus tres compañeros se sientan alrededor de una de las mesas y sonríen satisfechos por el ambiente festivo que se respira en la estancia, un lugar aislado del mundo donde suenan ritmos gitanos de tambura y acordeón que parecen ignorar la guerra.

Comen y beben en abundancia, y el alcohol no

tarda en desatarles la lengua. En poco tiempo hay junto a ellos cuatro jóvenes camareras que responden sin prejuicios a sus bromas y se dejan invitar a licor de cerezas. Arthur se encuentra cómodo bromeando con todos ellos, cantando al ritmo de los gitanos, brindando por la belleza de las mujeres croatas; ha conseguido olvidar el frente y empieza a notar una agradable embriaguez.

No le importa emborracharse, siente menos pesadumbre cuando lo hace. En ocasiones, en la casa de su madre, bebía algo de vino dulce después de las comidas, tenía la sensación de que el estímulo del alcohol le permitía pensar de otra manera, expresarse sin miedos.

Una de las chicas se ha sentado al lado de Arthur y finge cuidarlo. Es morena y frágil, algo mayor que él, tiene una figura delicada, los ojos castaños y una sonrisa diáfana. Arthur acepta sus atenciones, y deja que le acaricie la pierna, y que le roce el hombro con el pecho cada vez que se acerca para hablarle al oído.

—Nunca te había visto por aquí —le dice la joven.

—Es la primera vez que vengo. Llevo poco tiempo en el frente.

—¿Cómo te llamas?

—Arthur, ¿y tú?

—Branka.

—Branka... nunca lo había oído. ¿Tiene traducción a mi idioma?

—Mujer que protege, que da paz.

—Mujer que protege... Ojalá fuera cierto.

—¿Quieres comprobarlo?

—Claro.

—¿Tienes dinero?

—Sí.

Ella se levanta y le ofrece la mano. Arthur duda un instante, pero uno de sus compañeros lo anima.

—Ve con ella, es una de las mejores.

Suben las escaleras hacia el primer piso y él la sigue sin hablar, sumergido en su perfume a través de un pasillo estrecho. La ve caminar y piensa cuántos hombres la habrán visto antes así, recorriendo con lánguidos contoneos ese mismo pasillo, sobre esos mismos zapatos de tacón deslucidos. Todos ellos habrán esperado con impaciencia la promesa de su entrega, y habrán querido creer, aunque sólo fuera por un momento, que sus atenciones eran sinceras. Entran en un cuarto oscuro y desolado, con una cama de cabecero metálico, una palangana en el suelo y un juego de toallas viejas sobre una silla. Cuando la joven pasa junto a él para cerrar la puerta le inspira algo de tristeza, pero Arthur no dice nada.

27

UN ESTRUENDO revienta los cristales y hace temblar el forjado del hospital, y una densa nube de polvo lo oscurece todo mientras cae del cielo una lluvia macabra de lajas de piedra, trozos de carne podrida y huesos humanos.

Stefan sale deprisa del estudio, y su primera impresión es la de encontrarse en un obsceno pozo de condenación, en una estancia miserable nacida de la pesadilla de un lunático; el suelo está sembrado de cadáveres en descomposición, de miembros rotos sostenidos apenas por sus tendones, de cuerpos decapitados, pero no hay sangre, ni se escucha ningún lamento, no hay agonía, sólo una desolación fétida, luctuosa y corrupta: un obús de gran calibre ha caído sobre el cementerio y ha escupido al aire los restos de cuantos soldados yacían allí, los ha devuelto a la superficie como si la muerte se recreara con ellos y les negara el descanso.

Stefan piensa en María, en su mirada limpia, en su compasión infatigable, y quiere preservarla del horror; va a buscarla deprisa, sorteando piedras y trozos de cadáveres, corriendo hacia ella como no lo habría hecho para salvar su propia vida, pero llega tarde y la encuentra llorando, estremecida, con el rostro entre las manos, tapándose los ojos para aislarse de esa brutal y desordenada resurrección de la carne. La abraza de la misma forma que habría abrazado a su hijo, y la aparta con cuidado del cadáver que tiene a sus pies. Sus ojos no necesitan ver más, y él procura esconder su inocencia. La abraza con fuerza, y con su abrazo imprime en ella toda su pasión y su cordura.

A partir de ese momento, María sabrá que Stefan desea protegerla, que no quiere que conozca la fiebre de la degradación ni el veneno de la indiferencia; a partir de ese momento sabrá que Stefan la necesita, y que su corazón late por ella, y que sólo por ella vencerá el miedo, y el dolor, y las nefastas consecuencias de la guerra.

María se ampara en él como si presintiera la proximidad de un asesino, como si volviera a ser una niña y la acecharan cientos de fantasmas; ha presenciado el horror, y ya no será capaz de olvidarlo, desde ese día no quedará sitio en sus sueños para visiones amables del abismo.

El doctor Keller ordena recoger de inmediato los restos y quemarlos, esparcir cal por avenidas y corredores para que su pureza agresiva lo arrase todo, y limpiar a fondo con lejía cada uno de los rincones del hospital.

Nadie deja de colaborar en la desagradable tarea, incluso los heridos más leves ayudan a disipar el hediondo rastro de la muerte. Cuando todo termina y el hospital recupera su aspecto de siempre, una vez que la lona del patio vuelve a exhibir esa gran cruz roja que debería haber sido una garantía de tranquilidad, tras recoger a paladas interminables los restos de todos aquellos soldados y de haberlos mezclado en una pira de purificación, después de que el capellán suplicara a Dios que acogiera definitivamente a esos hombres en su seno, Stefan y María, el doctor Keller y los muchos enfermos que acudieron al oficio se retiran juntos pensando que tal vez sea cierto que Dios castiga siempre la impiedad, y que no hay maldiciones más severas que las labradas por la ironía del maligno.

El padre Rufus, un hombre grueso e inflexible, poseedor de una fe hermética, colmaba sus homilías de avisos de decadencia y de castigos; para él, que se había formado en el temor a las inevitables consecuencias del pecado, no había un mecanismo más eficaz para enderezar las conciencias que el miedo, y había descubierto que los largos silencios tras las admoniciones eran un fértil abono para la simiente de Dios. Después de aquella escena apocalíptica en la que los muertos abandonaron sus tumbas y salpicaron el hospital con su escabrosa presencia, el viejo capellán comprendió que la mala puntería de los serbios le había brindado una definitiva herramienta de conversión en un ambiente de desesperanza, donde su hábito de paño negro ya no parecía capaz de promover ningún milagro.

—Gracias, Stefan, muchas gracias —le dice María después del oficio, mirándolo a los ojos y demostrándole un reconocimiento que habría de llenar de alivio sus días y sus noches durante mucho tiempo—, estaba sola y horrorizada, no he sabido reaccionar. Si no llegas a aparecer no sé qué me habría pasado.

Y Stefan sonríe, y no dice nada, porque cualquier palabra estropearía la intensidad del momento.

28

EL ATAQUE MÁS DURO de los serbios a la trinchera austrohúngara tiene lugar poco después del amanecer, cuando los rayos de sol planean casi paralelos al suelo y ciegan a los vigías y a los artilleros. Los soldados enemigos han pasado la noche labrando túneles y reptando bajo las alambradas de sus propias líneas, y han esperado el alba escondidos en los socavones en tierra de nadie.

Ahora, decenas de hombres están cruzando las últimas defensas austriacas y amenazan con invadir la trinchera. Si lo consiguen, habrán debilitado tanto la posición austrohúngara que su nueva situación les obligaría a replantearse el asedio a Belgrado.

Con las primeras luces de la mañana, los serbios destruyen con lanzagranadas los puestos de ametralladoras sin haberles dado tiempo de organizar la defensa. Dentro de la trinchera cunde el pánico, y los oficiales se ven obligados a reprender con dureza los primeros conatos de huida; un teniente desenfunda su pistola y dispara a la espalda a dos soldados que abandonan sus puestos, y el cabo Roediger tiene que abofetear a uno de los artilleros para que se mantenga en su ametralladora, al lado de su compañero muerto.

Arthur, Helmut Fitche y el resto de los francotiradores buscan un ángulo abierto que les permita ir eliminando a los soldados serbios que más se acerquen a la trinchera; matan hombres sin pensar, sin recapacitar en el número ni en el modo, porque está en juego su propia vida. Arthur está en el puesto número tres, en el extremo norte de la trinchera, y tiene al lado a otros dos soldados que lo cubren mientras carga y apunta.

La artillería serbia está castigando la retaguardia, los obuses vuelan sin cesar sobre sus cabezas como perversas esferas de fuego, y los austriacos no pueden compensar con tropas nuevas las bajas que se producen en la primera línea.

Arthur se convierte en un problema para los serbios por su endiablada puntería y su vista prodigiosa: mata a un hombre encorvado y laborioso, que bascula sobre sí mismo y se afana a más de sesenta pasos de él abriendo camino a los demás en la alambrada con unas tenazas; mata a un soldado cargado de granadas que ha conseguido bordear las defensas y está a punto de hacerse con el puesto abandonado por el cobarde Helmut Fitche; mata a un irascible sargento que da órdenes desquiciadas en la vanguardia, confundido entre el polvo del suelo y el humo de las descargas; mata a un joven artillero, casi le parece un niño, que calcula la distancia para calibrar un mortero; y mata por último de un disparo en un ojo a un serbio que corre hacia él vociferando blasfemias extrañas con una granada en la mano, pero no consigue evitar que la active, y la granada rueda por el suelo y explota junto al puesto de Arthur, por fuera de los sacos terreros, acabando con la vida de los dos soldados que lo escoltan.

Arthur cae inconsciente en la trinchera, y no percibe la súbita paz que sigue a la explosión. No hay ruido de disparos, ni más detonaciones, sólo una fina lluvia de arena y un creciente rumor sordo, que se transforma en un bramido atronador rayado por miles de chillidos casi inaudibles.

Los hombres de la trinchera que han sobrevivido a la explosión están paralizados, no comprenden lo que está ocurriendo, dudan si deben moverse, como quien espera un gesto de su verdugo, porque en ese momento, desconcertados por la repulsión, ven brotar una descomunal plaga de ratas del cráter producido por la granada; como si la tierra, harta de las bajezas del hombre, pudiera enfrentarse a él y vomitarle lo más sucio de sus entrañas.

Cientos, miles de ratas grises pasan chillando sobre el indefenso Arthur e inundan de un movimiento febril la trinchera, convirtiéndola en un río de peste y pánico. Los soldados trepan con desesperación por las paredes de barro indiferentes al riesgo, y huyen hacia la retaguardia dejando atrás sus armas y sus mochilas; prefieren una bala en la espalda, o una ejecución al amanecer, antes que esa miserable muerte de cloaca.

Pero las ratas siguen a un líder confuso que salta fuera de la trinchera y, girando en ángulo recto, se adentra en las líneas bajo las alambradas, hacia la tierra de nadie tomada por los serbios. Como una marea negra que oscurece el suelo proyectando en todas las direcciones sus nauseabundos tentáculos, la plaga de ratas consigue sembrar el espanto entre los serbios, desarmarlos y dispersarlos un minuto antes de que hubieran conseguido tomar su objetivo. Algunos intentan evitar el suelo trepando por el alambre de espino y quedan enredados en él, otros arrojan su fusil y corren con los brazos en alto hacia la trinchera austriaca.

De repente, con el mismo extraño ímpetu con el que habían aparecido, las ratas encuentran otro refugio en la tierra de nadie y regresan a su feudo de sombras, dejando atrás decenas de hombres heridos por mordedura.

Cuando Arthur recupera el conocimiento piensa que está soñando, o que la guerra ha terminado; austrohúngaros y serbios se retiran desconcertados a sus líneas sin dispararse, sin esconderse, sin apenas mirarse, caminando cabizbajos a plena luz del día, como si una voz incontestable hubiera declarado una tregua; no tienen prisa, algunos buscan su fusil, otros se sacuden la suciedad del uniforme, todos se mueven despacio, con una extraña prudencia, y avanzan entre los muertos con la mirada aún atravesada por el miedo. Nadie hace prisioneros, unos y otros regresan a sus puestos y recogen por el camino a sus heridos.

29

STEFAN HABÍA DESEADO que sucediera algo extraordinario, algo inesperado que sacara a María de sus obligaciones diarias y la acercase a él. Ya ha sucedido. La caída del obús en el cementerio ha supuesto una revolución en las relaciones personales y, en especial, en la relación entre Stefan y María.

La joven ya no le regatea una sonrisa, ni evita nunca su presencia, al contrario: Stefan detecta que ella lo busca, que va más veces a ayudarlo al estudio, que se divierte con él y que se interesa por todo lo que hace. Pero la edad lo ha vuelto analítico, y cree que en los detalles de sus gestos, en sus miradas, en sus tímidas aproximaciones, no hay un verdadero amor, sino sólo amistad y agradecimiento. Esa certeza arraiga en él y consigue torturarlo; sabe que el amor es caprichoso, y que en su curso elige caminos insólitos, casi siempre más obedientes a la sutileza femenina que a los atrevimientos de los hombres, pero si algo le ha enseñado la edad es que la pasión no brota en una relación fraternal, que una vez iniciada la ceremonia de la amistad será muy difícil que María altere su rumbo y empiece a ver en él no a un amigo, ni a un protector, sino a un amante que atesora un deseo tumultuoso, alguien que querría impregnar su boca con el sabor de la suya, atraparla entre sus brazos y hacerle el amor en cualquier sitio, en cualquier momento, escondidos en el regazo del bosque o bajo las insolentes luces del quirófano.

Le dobla la edad, y no puede liberarse de esa idea. Él no lo percibe, porque todavía se siente joven, su cuerpo no muestra signos de fatiga, no cree que nada esencial haya cambiado en su interior, pero cuando pasa ante un espejo la realidad le proyecta una imagen en la que apenas se reconoce, como si el único rostro que él asumiera como propio siguiera siendo el que tuvo a los treinta años. ¿Dónde está ahora su juventud? ¿Y por qué no añoró el rostro del niño cuando se hizo un joven adulto? Compara el cansancio de sus rasgos con los de todos los soldados a los que ha retratado, ellos están muertos, y, sin embargo, muchas de sus facciones tienen más vida que las de él. Parece que en cualquier momento vayan a volver a respirar y a reírse de sus torpes ilusiones.

Stefan tiene la mirada fija en el rostro de Eric Lorenz, muerto y recién lavado, desnudo sobre la camilla. Sus ojos lo recorren sin encontrar un solo defecto, le parece espléndido en su pose de héroe yaciente; el pelo rubio, la frente rectangular, las cejas algo arqueadas, la nariz recta, los labios bien perfilados; ha muerto por el efecto deletéreo de una onda expansiva, sus vísceras han claudicado bruscamente de su labor, pero su estructura ósea y el dibujo de sus músculos se mantienen intactos. Tiene los hombros robustos, el torso ancho, el abdomen esculpido en mármol... ¿Qué mujer no se sentiría atraída por ese hombre? La luz de la tarde cruza perezosa el estudio y perfila su rostro, lo dota de vida a la vez que las sombras apagan el suyo, como si el muerto pudiera captar el clamor de su pensamiento, robarle algo de energía y mostrarle en privado un último fulgor.

Stefan se alegra de que María no esté allí. No quiere que vea a Eric Lorenz. No quiere que lo imagine vivo y que libere con él sus fantasías.

Entonces piensa que no tiene derecho a ningún sentimiento de posesión, que él no puede condicionar la vida de María ni restringir sus opciones. Sale a buscarla y le pide que lo ayude a vestir al cadáver, tal como haría con cualquier otro.

Ella entra de buen grado, como hace siempre que Stefan le pide ayuda, pasa por delante del muerto sin detenerse y llega hasta el armario. Se vuelve para mirarlo, calcula la talla y descuelga uno de los uniformes.

—El grande le estará bien, ¿no? —pregunta a Stefan.

—Sí, el grande.

Se acerca con el uniforme, retira la percha, despliega la camisola, espera a que Stefan lo incorpore y se la pone con diligencia. Después lo abotona, le coloca la casaca y le ajusta el cuello.

Stefan ayuda a María de una forma mecánica, no deja de observarla, y percibe sin ninguna duda que ese cuerpo y ese rostro, que a él le habían parecido admirables, carecen del más mínimo interés para ella.

—Tengo que ir al quirófano, Stefan —le dice cuando han terminado—, me necesitan allí.

—Ve, no te preocupes, muchas gracias por tu ayuda.

—De nada —le contesta sonriendo—. ¿Nos vemos a la hora de cenar?

—Claro.

—Muy bien. Hasta entonces.

Stefan hace la fotografía y la revela. El resultado no difiere en nada de la imagen de un hombre sano y con los ojos cerrados en el apogeo de su vida. Le parece una evidencia dolorosa de que el mundo les pertenece a los jóvenes, que es injusto abandonarlo a esa edad.

Llama a Peter y al otro celador y ve cómo meten a Eric Lorenz en un saco negro hablando entre ellos sin reparar ni un instante en su aspecto y cómo lo sacan en carretilla del estudio.

—A ver si éste se queda en su sitio —dice Peter.

—No seas irreverente, Peter —lo reprende Stefan—, o te perseguirá su espectro.

—No creo que el chico se enfade, doctor, sólo es una broma.

30

HASTA EL DÍA de la explosión junto a su puesto, hasta el mismo momento en el que el soldado serbio consiguió soltar la granada y la detonación lo dejó inconsciente, Arthur pensaba que sería capaz de anticipar cualquier catástrofe, que igual que presintió la llegada a su casa del suboficial con el llamamiento a filas y la explosión del obús que hirió a su amigo Franz, igual que muchas veces antes había funcionado ese mecanismo inexplicable por el cual era capaz de predecir la desgracia, ese don peculiar lo protegería siempre. No sabía que se trataba de una aptitud caprichosa, de una capacidad intermitente, y comenzó a preocuparse.

Cuando era niño, Arthur se atribuía virtudes imaginarias, méritos a veces extravagantes que captaban la atención de otros niños, casi siempre mayores que él, y que le hacían sentirse importante. De todas aquellas virtudes peculiares sólo había perdurado esa aguda forma de intuición en la que no había nada de mágico, sino una fina percepción de la realidad, un ajuste rápido e inteligente de los acontecimientos, que en ocasiones le permitía anticiparlos. Su don de lenguas, la adivinación del porvenir por la interpretación de las líneas de la mano o la lectura automática sólo eran bravuconadas con las que conquistó la atención de los simples; presumió muchas veces de ellas sin darse cuenta de que atesoraba más y mejores talentos: la imaginación, la creatividad, la sensibilidad, y que si los aprovechaba, todos los demás dejarían de ser importantes. Eso no sucedió hasta los dieciocho años, cuando la sensación de estar perdiendo el tiempo se le hizo insoportable y decidió convertirse en escritor.

Lo han ascendido a cabo, y ahora todos admiran su talento y lo consideran indestructible, sus compañeros perciben como algo mágico que hayan pasado sobre él miles de ratas y que no sólo no lo hayan asfixiado, sino que ni siquiera lo hayan mordido.

Pero Arthur no se encuentra bien; tiene molestias en las articulaciones, suda por las noches, y a veces se marea cuando se incorpora deprisa. No ha ido a la enfermería, los síntomas no le parecen preocupantes, pero cada mañana, nada más despertarse, piensa en las ratas, piensa en ese nauseabundo cuerpo colectivo pasando sobre él, pisándolo millones de veces y dejándole su olor, sus heces y sus piojos. El episodio de las ratas no le deja descansar, y cree que por eso se encuentra débil.

En los ejercicios de tiro, por primera vez en varios meses, no obtiene la mejor puntuación; le cuesta mantener el pulso firme. No se siente seguro y solicita al sargento que le permita estar unos días en la trinchera de reserva.

—No hay ningún problema, Klammer, te lo mereces.

Al cabo de una semana lo alarma un fuerte dolor en las piernas, a lo largo de las tibias y en los gemelos, una molestia punzante similar a una corriente eléctrica; esa tarde también tiene cefaleas, y le duele detrás de los ojos cada vez que los mueve, pero no dice nada. Quiere pensar que es un cuadro pasajero, algo que su cuerpo superará por sí mismo, como le ha pasado siempre, pues nunca ha necesitado la atención de un médico. Entonces se avergüenza de las veces que en su infancia había fingido una enfermedad para no ir a la escuela, cuando probó el polvo de tiza, o la cáscara de frutas, para convocar algún síntoma banal que diera cuerpo a sus mentiras; hoy reniega de esa actitud, y le gustaría que su madre pudiera verlo disimulando el dolor para seguir cumpliendo con su deber; quizá si ella pudiera verlo entonces perdonaría.

Por la noche lo acosa una pesadilla recurrente: decenas de crías de ratas se están desarrollando dentro de sus tripas, en su cerebro, entre sus músculos, y le están comiendo las entrañas; son húmedas y diminutas, blanquecinas, sin pelo, con los ojos negros y brillantes como cabezas de alfiler en los que se adivina el rostro de la muerte, se amontonan y resbalan entre ellas, y lo devoran con una avidez insaciable. Quiere despertar y no puede, sabe que duerme, sabe que está atrapado en un delirio, pero no consigue escapar de su propio sueño. Intenta gritar pero le falta el aire, ni siquiera logra moverse.

Cuando abre los ojos lo tienen atrapado entre cuatro compañeros, ha estado convulsionando, y no conseguían despertarlo.

Al amanecer, Arthur está ardiendo de fiebre y el oficial sanitario ordena que lo trasladen al hospital de campaña.

31

EN EL HOSPITAL de campaña, el cabo de infantería Arthur Klammer, natural de Viena, francotirador de primera especial del sexto cuerpo del segundo ejército, ingresa en las camas que están a cargo de María. Cuando lo reconoce el doctor Keller, Arthur está muy débil y tiene mucha fiebre. Sin embargo, no oye ruidos patológicos en los pulmones, el corazón late algo acelerado aunque con ritmo regular y el abdomen es blando, sin signos de peritonitis. Las pupilas reaccionan con normalidad a la luz, las mucosas son normales y no tiene alterados los reflejos.

—Las ratas —susurra Arthur.

—¿Cómo? —pregunta María mientras acerca su oído al enfermo.

—Han sido las ratas.

—Dice que han sido las ratas, doctor.

El doctor Keller explora las piernas de Arthur y, al comprimir los gemelos, éste hace un gesto de dolor.

—¿Ha mandado ya a lavar su uniforme? —le pregunta Keller a la enfermera.

—No, todavía está aquí.

—Enséñemelo.

El doctor Keller examina el uniforme de Arthur y se lo muestra a María: las costuras están invadidas de piojos.

—¿Se ha dado cuenta de cómo tiene la piel? —le dice—, está llena de pequeñas picaduras. Cada uno de estos diminutos puntos rojos es una picadura. Ya lo he visto varias veces en este tipo de fiebres. Haga desinfectar el uniforme, y luego ponga pasta de naftalina en las costuras.

Keller no prescribe ningún fármaco a Arthur, sabe que se trata de un nuevo caso de fiebre de las trincheras y que ninguno de los medicamentos habituales resultará útil; ordena que esté bien hidratado y que María evite la subida de fiebre con paños fríos. La naturaleza del paciente tendrá que defenderse sola.

María prepara una palangana con agua, enfría en ella un paño, lo escurre y se lo pone con cuidado en la frente. Cada quince o veinte minutos pasa junto a la cama de Arthur y le sustituye el paño. También le humedece los labios y le da algo de beber, le toma el pulso cuatro veces al día y anota la frecuencia cardiaca en una libreta. Un día tras otro durante casi una semana.

Una de las veces Arthur le coge la mano a María y le da las gracias.

—Es mi obligación, no tienes que darme las gracias.

—¿Si te hago una pregunta me responderás con sinceridad?

—Al menos lo intentaré.

—¿Voy a morirme?

—Claro que no, descansa y no te preocupes.

Arthur apenas puede moverse, está obnubilado por la fiebre, y confunde la realidad con sus propias pesadillas. En ocasiones habla dormido, y María no puede evitar escucharlo.

—Dile que vuelva —murmura.

—¿A quién, Arthur? —pregunta María.

—Dile que vuelva, por favor.

María siente una lástima especial por Arthur, en él no hay ninguna tosquedad, ninguna malicia; está sufriendo mucho, más que la mayoría de los heridos, y sin embargo no se queja, nunca exige nada, ni protesta por las innumerables incomodidades de una sala de hospital improvisado en la que tiene que compartir urgencias y desconsuelos con otros diecinueve enfermos.

El día de Arthur avanza a trompicones, entre visiones fugaces de la trinchera y el acoso incesante de las ratas; a veces consigue dormir, y en ocasiones el grito de dolor de otro enfermo lo rescata de sus delirios. Tiene mucha sed, y tirita, y a veces le brotan lágrimas que le saben a sal y a apatía.

Cuando termina su turno, María está agotada, ni siquiera ha tenido tiempo de ayudar a Stefan en el estudio. Va a ver a Arthur antes de salir del pabellón y comprueba que está dormido. Le toma la mano y se queda un instante junto a la cabecera de la cama mirando la extraña serenidad de su rostro, deseando con fuerza que pueda recuperarse. María sabe que no debe ceder a ninguna forma de implicación emocional con los pacientes, que hacerlo es un error de novata, pero lo ha elegido a él entre todos los enfermos para brindarle un poco más de atención, para concederle una última mirada cada noche.

Arthur ha atrapado de inmediato el interés de María sin hacer nada, quizá sólo por sufrir con dignidad, o por mostrarle un poco de agradecimiento. Las preferencias irracionales forman parte de la condición humana, y por algún motivo que María ignora, ese recién llegado ha despertado en ella un sentimiento de piedad que excede el que le inspiran el resto de los enfermos.

32

A LA MAÑANA SIGUIENTE, Arthur presenta una leve mejoría. Los picos de fiebre que le habían hecho delirar durante la tarde anterior han cedido, aunque todavía tiene la incómoda sensación de que un sinfín de pequeños gusanos cargados de electricidad le recorren las piernas; sigue desorientado, no sabe con exactitud por qué está en el hospital, ni cuánto tiempo lleva ingresado, pero es capaz de mantener una breve conversación con María cuando se acerca para tomarle el pulso y la temperatura.

—¿Cómo te llamas?

—María.

—¿Eres la misma enfermera que me atendió ayer?

—Y la misma que te atenderá mañana.

—No eres austriaca...

—No, soy húngara, de Buda.

—Veo que mi amigo Franz tenía razón.

—¿Qué decía tu amigo?

—Que las húngaras son las mujeres más guapas de Europa.

María sonríe, pero no contesta al cumplido.

—Tal vez hayas conocido a Franz —dice Arthur—, lo trajeron aquí hace algo más de un mes. Una explosión lo dejó sin conocimiento.

—¿Franz? Dime su apellido...

—Franz Josef Leisser, de Viena. Es pelirrojo.

—Sí, recuerdo bien a ese pelirrojo. Estuvo aquí sólo unos días. Era un chico muy educado, como de otra época; llegó del frente con una conmoción, pero no tenía nada importante. Le dieron el alta y lo reclamaron de intendencia. Parece ser que tenía algún familiar en el estado mayor.

—Cuánto me alegro por él —susurra Arthur mientras se le cierran los ojos.

—Duerme otro rato —le dice María—, tú también te recuperarás.

Arthur no se lamenta por estar enfermo. Tiene la sensación de que en el hospital está a salvo, fuera del alcance de las balas. No comprende el proceso que padece, ni siquiera intuye su gravedad, le gustaría no sentir ese dolor urente en las piernas y detrás de los ojos, pero se considera un privilegiado si se compara con algunos de los mutilados con los que comparte el pabellón. Hace un esfuerzo para mirar a su alrededor, y sólo ve grandes lonas blancas e hileras de camas idénticas en las que los heridos dejan pasar el tiempo mientras buscan una explicación que justifique su desgracia. Algunos están postrados, cubiertos de vendajes, y apenas mueven los párpados; otros gimotean, lloran la ausencia de una pierna, o de un brazo, o de los testículos, pero todos miran en algún momento dentro de sí y persiguen una respuesta. Arthur cree que es mejor que no la encuentren, que no les gustará descubrir que todo es una consecuencia de haber dejado de ser hombres para ser soldados, que ya no los adorna el bien absoluto de la libertad, porque ahora pertenecen al ejército. En su interior, no le importaría que esa guerra la ganaran sus enemigos, y que una vez firmada la paz las potencias europeas se repartieran los restos de ese imperio enfermo.

Ese día transcurre sin demasiadas incidencias y María puede salir un rato del hospital para ayudar a Stefan. Cuando llega al estudio lo encuentra serio y taciturno, con una actitud nerviosa, sentado ante su mesa mientras intenta catalogar las fotografías de los cadáveres. María, sin embargo, está contenta, la presencia de Arthur en su pabellón supone para ella un estímulo que ocupa su mente, y su mejoría de hoy la llena de impaciencia. Stefan ha extendido sobre la mesa las fotografías de varios de los muchachos muertos, y busca con desgana entre ellas algún criterio de clasificación.

—Todos éstos tienen mucho en común, pero muy pocas diferencias —le dice a María, que ha detectado su inquietud y se ha sentado en silencio frente a él—. Cuando trabajaba en la cárcel, en Sarajevo, los rostros eran muy distintos los unos de los otros, todos tenían una esencia que los hacía peculiares; y, casi siempre, esas tonalidades estaban en la mirada, en el gesto con el que afrontaban su condena a muerte o su vida de preso. Pero todos estos chicos sin mirada... ¿no te parecen el mismo?

—Son distintos, Stefan.

—¿Tú los ves distintos? Yo no.

—Son distintos para sus padres.

Stefan calla y empieza a recoger las fotografías con un fondo de desidia, sin guardar ningún orden.

—Ayer te eché de menos —le dice a María en un tono conciliador.

—Fue un día duro en el hospital.

—Aquí también, pero ya sabes que los míos no se impacientan.

—Tuvimos muchos ingresos, uno detrás de otro, y algunos muy graves, uno es un chico de Viena con la fiebre de las trincheras, estoy muy preocupada por él.

Es la primera vez que María individualiza a algún paciente en sus conversaciones con Stefan; hasta ese momento, los comentarios sobre su trabajo diario siempre habían sido impersonales. A Stefan no le pasa desapercibido, porque analiza cada palabra, cada matiz en la entonación de María en busca de alguna pista sobre sus emociones.

—¿Y qué lo hace especial? —le pregunta.

—No lo sé —responde, y al hacerlo le retira la mirada y esboza una sonrisa.

Cualquier otra respuesta le habría supuesto cierto alivio, cualquier detalle sobre la gravedad de su cuadro, o lo peculiar de sus síntomas, pero María ha obviado que es un enfermo, se está refiriendo a él como hombre.

—¿Es un muchacho atractivo?

Stefan quiere acabar con sus dudas, despejar de una vez todos esos fantasmas que le han hecho creer en una quimera.

—Mucho —contesta María.

—¿Y va a morirse?

María abre la boca, quiere contestar, pero sus sentimientos la traicionan y empieza a llorar. Está sobrecogida, a ella misma le sorprende esa forma tan agreste de dolor. Se levanta, musita una disculpa y sale.

Stefan se queda solo, abandonado a la evidencia de ser poco más que un confidente, un amigo fiel para María. Dirige la vista hacia la puerta, aún abierta, por la que ella acaba de salir, por la que se han escapado sus últimas esperanzas. Se siente torpe e inútil, y tan intrascendente que podría desaparecer ese mismo día, extinguirse o hacerse invisible sin que nadie lo recordara. Está cansado y no quiere seguir golpeándose contra la realidad. Ya no desea perseguir imposibles. ¡Qué envidia inmensa le ha producido ver llorar a María por otro hombre! ¡Cómo le gustaría cambiarse ahora por ese muchacho y asumir por igual los rigores de la enfermedad y el alivio de sus cuidados! Hay veces que la vida concentra toda su esencia en unos días o en unas horas, y eso nos permite vivir después muchos años al abrigo de los recuerdos, pero otras veces nos hiere con la decepción y, sin saber por qué, nos castiga con una existencia huérfana, ajena a cualquier forma de plenitud.

33

AL AMANECER, antes de que el doctor Keller pase visita, María ya deambula entre las camas de los ingresados; cuando dentro de una hora llegue el médico, ella ya habrá tomado el pulso y la temperatura a todos los enfermos, y habrá anotado las cifras en la gráfica que cuelga de las cabeceras. Ha sido una noche sin demasiadas urgencias, y los pacientes han podido descansar.

Arthur está dormido, pero tiene el pelo empapado en sudor. María le pone la mano en la frente y siente que un escalofrío le recorre la espalda: tiene mucha fiebre, más alta que cualquiera de los días anteriores. María prepara deprisa unos paños húmedos y sale en busca del doctor Keller.

Cuando el médico lo reconoce, Arthur está agonizando. Tiene estertores en el pecho, el cuerpo se le ha llenado de diminutas manchas rosadas y el ritmo cardíaco es rápido e irregular. Le pauta quinina y antipirina, aunque sabe de la escasa eficacia de estos fármacos en la fiebre de las trincheras; pide a María que le baje la temperatura con paños fríos en la frente y los brazos, que lo mantenga descubierto sobre la cama y que sólo lo alimente con líquidos.

Arthur escucha entre tinieblas las voces del doctor Keller y de María, como si estuvieran muy lejos, o como si él mismo fuera ajeno a su cuerpo; no comprende su jerga con precisión y querría averiguar qué le pasa, por qué hablan de él en su presencia, por qué usan ese tono neutro y esas palabras apocopadas, pero no tiene fuerzas para emitir ningún sonido; otra vez le vienen a la mente las ratas, y el soldado serbio corriendo hacia él con la granada en la mano y un tiro en el ojo, no puede evadirse de sus obsesiones, que se han transformado en una imagen cíclica que se repite hasta el hartazgo. A veces cree que su madre ha entrado en el pabellón y se ha sentado a su lado, eso lo reconforta, e intenta decirle algo, pero no puede, y su madre le coge la mano, y lo mira a los ojos, y le susurra que no se preocupe, que ya sabe todo lo que intenta decirle. Arthur confunde a su madre con María, pues es ella la que pasa junto a él todo el tiempo que el doctor Keller no la necesita. Es ella quien le ha tomado la mano, quien la sostiene y la acaricia. Él intenta moverse, demostrar que todavía hay un ser vivo que se debate dentro de ese cuerpo enfermo, pero después de un esfuerzo desproporcionado sólo consigue emitir algún suspiro. María se agacha y acerca su oído a los labios de Arthur para intentar comprender, pero es inútil. Sólo cree entender una frase:

—¿Tú crees que vendrá?

En su delirio, Arthur habla con su madre sin necesidad de emitir palabras, piensa en las anécdotas de su infancia, cuando estaban los dos solos en su barrio de Viena, cuando miraba al fondo de la calle esperando el regreso de su padre, en sus primeros juegos, en sus primeras preguntas, en el día en el que lo golpeó un caballo y su madre pensó que había muerto. También le recuerda sus rebeldías, su obstinada pereza, sus ausencias injustificadas de la escuela, y de alguna forma consigue descargar su conciencia y disculparse por ello.

—Sólo era un niño —cree decirle a su madre—, a partir de ahora todo será diferente, ya lo verás.

María lo ve sonreír, y la alivia pensar que sus peores pesadillas ya no lo atenazan; le aprieta la mano para infundirle ánimo, le seca el sudor con una gasa, le arregla el pelo como si tuviera alguna necesidad de estar presentable. De vez en cuando le da algo de beber, pero Arthur apenas puede tragar, y el líquido le rebosa por la comisura de los labios, se desliza por los lados del cuello y empapa la sábana.

A media tarde, la respiración de Arthur es entrecortada y está entorpecida por las flemas. María le toma el pulso y percibe que cada vez es más débil, más irregular. Ha visto esa agonía en otras ocasiones, ha visto a otros pacientes ahogarse en sus propias secreciones porque tienen los pulmones encharcados, y se avergüenza de que hasta entonces todo ese sufrimiento no consiguiera conmoverla. Lo incorpora un poco, le dobla el almohadón para que respire mejor y empieza a rezar, y le promete a Dios cuantos sacrificios estén en su mano si lo mantiene con vida, le promete dar limosnas, ayudar en la iglesia, repartir alimento a los pobres, le promete rezar a diario, no pecar jamás, no entregarse nunca a ningún hombre... Y en ese momento se detiene, y lo mira, y dice en voz alta:

—Excepto a ti.

Arthur abre los ojos, y por un momento reconoce dónde está, y comprende que la mano a la que se aferra no es la de su madre, sino la de María. No la suelta. Necesita estar prendido a la vida, necesita a alguien que no lo abandone en esa corriente de sombras.

Arthur mira a los ojos a María, no la conoce bien, ni logra comprender el porqué de su afecto, pero está desesperado y necesita su ayuda. Quiere gritar, despertar de una vez de tanta zozobra, pero la vista se le nubla, y, aunque ya está tumbado, siente que la cabeza se le cae muy despacio hacia atrás, que fluye irremediable hacia la nada.

34

LA MUERTE DE UN SER querido supone una ruptura dentro de la memoria, refrenda que el pasado no va a volver, por feliz e intenso que pueda parecernos. Todos arrastramos recuerdos de los que no nos queremos desprender, en los que a veces nos gusta recrearnos, y mientras están vivos los actores de esos recuerdos, podemos compartirlos con ellos y de alguna forma hacerlos recientes. Pero los únicos recuerdos que de Arthur tiene María son los de su ingreso y su agonía, los de un muchacho joven y fuerte que sufre y que tiene miedo. Su muerte no supone ninguna ruptura con el pasado, no le hace evocar todo aquello que fue, sino todo lo que no va a poder ser; una vez más, la tragedia de su muerte es la evidencia de un robo, la privación del futuro.

Cuando el doctor Keller certifica la muerte de

Arthur, ordena que lo metan en una bolsa y que lo incineren junto a toda la ropa que ha estado en contacto con él. Todavía no saben cómo prevenir el contagio de la fiebre de las trincheras, y aunque tiene la firme sospecha de que el agente transmisor son los piojos, la prudencia lo obliga a eliminar todos los restos.

María conoce el protocolo y asume la tarea de llevarlo a cabo. Avisa a los celadores y les pide que lleven a Arthur al depósito de cadáveres.

—¿No lo llevamos a incinerar? —pregunta Peter.

—Lo incineraremos por la tarde.

—Pero el doctor siempre dice que a éstos hay que quemarlos cuanto antes...

—He dicho que lo lleves al depósito —lo interrumpe María—. En una bolsa bien cerrada, con la ropa aparte. Yo hablaré más tarde con el doctor Keller.

Cuando termina sus tareas más urgentes, María pide a su compañera Gertrud que vigile a los pacientes de sus camas un instante y sale en busca de Stefan. Lo encuentra encerrado en el cuarto de revelado.

—Stefan, ¿estás ahí?

Stefan no contesta, pero la luz roja de fuera está encendida.

—¿Stefan? Si no contestas voy a abrir la puerta y se velarán las imágenes... ¿Stefan?

María no obtiene respuesta y empuja la manivela, pero la puerta está cerrada por dentro.

—¡Stefan! —grita nerviosa mientras empieza a golpear la puerta—. ¿Estás bien? ¿Puedes oírme?

En ese instante recuerda que la puerta tiene un mecanismo de seguridad, una pequeña llave que abre desde fuera el cerrojo. Va a la gaveta, busca agitada entre pinturas, tijeras, cepillos y pinceles, mira en los cajones, en los bolsillos de la ropa colgada, y cuando empieza a pensar en pedir ayuda a Peter para tirar la puerta abajo, echa un vistazo a su alrededor y ve la llave colgada de una escarpia junto al propio cuarto de revelado.

Al abrir se encuentra a Stefan tirado en el suelo, manchado con su vómito, apestando a alcohol y a desidia. Hay una botella de ginebra vacía, y un autorretrato suyo con los ojos cerrados colgando de la cuerda en la que seca las fotografías.

María lo arrastra fuera, lo desviste, lo limpia con una esponja húmeda y lo obliga a beber agua salada.

—No me juzgues mal —masculla Stefan cuando empieza a recobrar el sentido—, no volverá a suceder.

—No soy quién para juzgarte, pero si te hubiera visto el doctor Keller te habría sancionado.

—¿Y qué me habría hecho? ¿Mandarme al frente? No me importa el doctor Keller. No me importa nadie.

—No te creo. Seguro que hay alguien que te importa.

—No, no lo hay. Podrías importarme tú, pero yo tendría que haber nacido veinte años más tarde. O tú veinte años antes... Me pregunto cómo estarás dentro de veinte años...

—Hecha una vieja —bromea María.

—¿Una vieja con cuarenta y cinco años? Yo tengo cuarenta y nueve, ¿te parezco viejo?

—No, ha sido una exageración. Perdóname. Tú no eres viejo. Eres un poco mayor, pero no viejo...

—Así que soy mayor, mayor para ti, claro. ¿Tú te casarías con un hombre mayor?

—Nunca lo he pensado, no lo sé.

—¡Pues yo sí me casaría contigo, ahora mismo, que venga el capellán!

—No puedes casarte, sólo estás separado. Los católicos no se divorcian.

—Demasiados inconvenientes.

—Hay quien tiene problemas peores.

—Dime alguien.

—Se ha muerto el chico de las fiebres, el que te comenté ayer. Ha sufrido mucho.

—Vaya. Lo siento... Ese chico te gustaba... Consiguió ponerme celoso.

—Quiero que le hagas una fotografía.

—No hacemos fotografías a los enfermos de fiebres, hay que incinerarlos.

—Lo sé. Sé que va contra las normas. Pero quiero conservar su imagen.

Stefan guarda silencio un momento. Ya ha quemado sus naves, ya le ha dicho a María mucho más de lo que pensaba decirle. Ahora está borracho, sucio, casi ha sido impertinente, y ella permanece a su lado, cuidándolo, y sólo le pide que le haga una fotografía a un hombre muerto para llevarse su recuerdo.

—Está bien. ¿Dónde lo tienes?

—En el depósito.

—Dame un rato para recuperarme. Luego iremos a buscarlo.

María lo abraza en un gesto de sincero agradecimiento, lo ayuda a levantarse y regresa a su pabellón.

A Stefan le duele la cabeza y le arde la boca del estómago; hacía varios meses que no bebía, y su cuerpo no ha tolerado una cantidad de alcohol que no mucho tiempo atrás le habría parecido ridícula. Siente vergüenza porque María lo haya visto así, porque haya tenido que atenderlo. Se incorpora, coge una jofaina llena de agua y la vuelca poco a poco sobre su cabeza. Mientras el agua se desliza entre sus cabellos y le acaricia la cara, escondido tras la agradable sensación de un segundo bautismo, Stefan comprende que para él empieza a ser, ya siempre, demasiado tarde.

35

STEFAN Y MARÍA entran en el depósito de cadáveres cuando los celadores están comiendo. Es un día gris y lluvioso que inunda los caminos y los hace intransitables; las gotas de agua caen incesantes y monótonas sobre la techumbre metálica, y una luz mortecina se filtra amortiguada entre la lluvia e ilumina la estancia.

Los celadores han dejado el cuerpo dentro de un saco negro y sobre una camilla, en medio de la sala de autopsias. María se acerca, lee la identificación que está cosida al saco y hace un gesto inequívoco.

Stefan sale del depósito y vuelve al momento, empapado, pero con una carretilla cubierta de barro. Entre los dos cargan el pesado bulto en la carretilla y salen con el sigilo de un ladrón.

En el estudio tienen que hacer el proceso contrario: subir el cuerpo a la camilla para prepararlo antes de hacerle la fotografía. Esa maniobra requiere mayor esfuerzo y María se resiente.

—Pesa mucho —dice Stefan.

—Sí, es muy alto. Y muy fuerte.

—¿Cómo se llama?

—Arthur.

—Pobre Arthur —afirma Stefan con cierto recelo, y mientras lo hace abre el saco y ve su rostro.

La imagen de Arthur lo paraliza. Sus rasgos se le graban en la retina y en el pecho como una herida antigua y no le dejan reaccionar. María se da cuenta de la lacerante impresión que Arthur ha causado en Stefan y se acerca a él.

—¿Lo conoces? —le pregunta con ingenuidad, queriendo transmitirle alguna forma de condolencia. Pero Stefan no responde. Ni siquiera la ha oído. Sigue mirándolo, como si pudiera ver una secreta añoranza más allá de esas facciones.

—¿Cómo se apellida? —musita Stefan.

—Klammer —contesta María, y al hacerlo ve que las manos de Stefan empiezan a temblar y que buscan a ciegas un apoyo.

María le acerca una silla y lo ayuda a sentarse. Stefan está abatido, paralizado, tiene los ojos llenos de lágrimas y respira a bocanadas esporádicas.

—¿Qué te pasa, Stefan? Dime algo, por favor...

—Es mi hijo —dice fijando en él su mirada.

María no comprende. Ni siquiera sabe si Stefan está hablando de forma figurada, tal vez refiriéndose a un hijo adoptivo, al hijo de algún hermano, o a alguien muy allegado a su familia. Y si es cierto, querría que Stefan le explicara por qué nunca le había dicho que tenía un hijo, si no sabía que él estaba en el frente, o lo sabía y por algún motivo oscuro no le preocupaba. Pero no dice nada, no se atreve a preguntar, no quiere turbar su doloroso silencio.

Stefan está inmóvil, asustado, como si se hubiera malogrado alguna conexión esencial de su cerebro; dentro de él hay una tormenta de sentimientos que se atropellan por salir, que buscan la mejor forma de ordenarse.

Pasan así algún tiempo en el que nada se mueve, en el que el aire parece una sustancia densa e infranqueable; sólo se oye el batir del viento en el exterior y el incesante crujido de los goznes de las ventanas, que a María le sugiere un reiterado lamento.

—Su madre se llama Helga Klammer —dice de improviso Stefan sin mirar a María, manteniendo sus ojos clavados en la piel fría de Arthur—, nos casamos en Viena un domingo de octubre, hace ahora veintiún años. Helga no era una mujer guapa, pero tenía una bonita figura, una educación exquisita y era muy inteligente. Yo no la amaba, necesito un rostro hermoso para enamorarme y ella no lo tenía; fue una atracción racional, casi de conveniencia, nacida de largas conversaciones en las que los dos nos dijimos todo lo que el otro quería oír. Ella necesitaba superar una asfixiante relación anterior y yo quería escapar de la sombra de mi padre, de sus éxitos en la pintura, de sus permanentes conquistas, quería salir de aquella casa en la que era evidente que yo había perdido mi propio espacio. Ella fingió, como fingimos todos cuando conocemos a alguien que puede interesarnos; me enseñó lo mejor de sí misma y escondió todos sus defectos. Tardó mucho tiempo en demostrar que la devoraba una forma inclemente de vanidad, un desprecio absoluto por los logros ajenos; al principio consiguió camuflarlo bajo una exagerada modestia, una modestia que era falsa, como lo son todas las formas explícitas de bondad. Yo descubrí aquel fingimiento, pero seguí con ella, pensaba que sus otras virtudes, la dulzura, la prudencia, la honestidad, compensarían ese único defecto. Me equivocaba; terminé aprendiendo que todos aquellos valores eran impostados, desde el primero hasta el último. Sobre todo el último. Cuando nació Arthur me sentí atado a ella, la relación se había complicado, ya no éramos dos personas que habían simulado quererse, que se habían dedicado cierto respeto y una amable indiferencia, ahora estaba el niño, con sus necesidades interminables, con su mirada provocativa, siempre a la espera de algo, siempre reclamando toda la atención. De esa forma pasó el tiempo; con ella encerrada en sí misma, detrás de una sonrisa falaz, hundida en una decepción hermética, conmigo trabajando todo el día fuera de casa y el niño creciendo sin que nadie pusiera límites a sus permanentes caprichos. Sólo éramos dos amigos, dos personas afines que viven juntas y ven el mundo desde una perspectiva similar, nada más. Así fue hasta que descubrí una nota de Helga dirigida a otro hombre, una nota en la que se intuía no sólo una infidelidad con él de varios años de duración, sino un intenso desprecio de los dos hacia mí. Yo era un mal esposo, un mal padre, un ser mediocre dedicado a una actividad estúpida con el que ella se había tropezado y que la había sumido en un pozo de penuria intelectual, del que sólo su valioso estímulo la había sacado. Ella no comprendía qué había podido ver en una persona tan anodina como yo, un vulgar fotógrafo, y se felicitaba por haberlo conocido a él, un intelectual de prestigio y con una presencia tan distinguida, un hombre insigne al que recibían con honores en las principales residencias de Viena. Él también era católico y estaba casado, y los dos sufrían porque las circunstancias no les permitían amarse sin disimulos. Leí aquella nota una noche mientras ella estaba dormida. Intenté sobreponerme a su efecto devastador y volví a acostarme a su lado, escuchando su respiración y sintiendo una presencia que todavía era ajena al daño que me había causado. Pensé en ignorarlo todo y fingir, en mantener yo también una doble vida a sus espaldas, pero no pude soportarlo; me levanté, me vestí, recogí lo imprescindible y salí de aquella casa para siempre.

—¿Y el niño? —le pregunta María—. ¿Ni siquiera te despediste de él? ¿Qué edad tenía entonces?

—Arthur tenía once años. Pensé en regresar para hablar con él y contarle la verdad cuando fuera algo mayor, cuando conocer la realidad del matrimonio de sus padres no marcara su desarrollo. Nunca lo hice, nunca encontré las fuerzas para enfrentarme a él y vilipendiar a su madre. Además, habría sido un error: él nunca me habría creído.

—¿No volviste a verlo?

—Yo a él sí; me acercaba al patio de la escuela casi todos los días, y lo veía jugar desde lejos con sus compañeros. Tenía la impresión de que estaba bien, y llegué a pensar que ni siquiera me echaba de menos. Luego el niño empezó a faltar a clase, a quedarse en casa sin que sus maestros supiesen decirme el motivo, y después me ofrecieron el trabajo en Sarajevo...

36

MARÍA SALE DEL ESTUDIO; Stefan le ha pedido que lo deje a solas con Arthur. Va a cumplir su encargo, va a lavarlo, a uniformarlo y a hacerle una fotografía que ella podrá guardar como recuerdo, pero quiere estar solo con él; aunque sea por última vez, quiere compartir su tiempo con su hijo.

Cuando María está fuera y se ha alejado lo suficiente para que su gesto no sea interpretado como una descortesía, Stefan va hasta la puerta del estudio y la cierra con llave.

Retira por completo el saco negro que cubre a Arthur y lo contempla desnudo, adulto, muy distinto del niño frágil y delgado que él vio dormido al salir de su casa y al que ni siquiera despertó. Puede reconocer en él muchos rasgos de su familia: el color y la textura del pelo; los hombros anchos; el esternón ligeramente hundido; las piernas largas; los dedos finos. Es carne de su carne, y lo siente como una prolongación de sí mismo. Está seguro de que habrá tenido facilidad para el dibujo, como su abuelo Sebastián, y para la música, como la tuvo su bisabuelo. Pero lo que más le llama la atención es su rostro, hermoso y bien proporcionado, de ojos grandes y labios sensuales; en ese rostro sigue escondido el niño que él llevaba al parque de la mano, como si fuera posible una proyección instantánea en el tiempo y el alma del niño siguiera allí, esperando una explicación de su padre. Qué doloroso privilegio haber descubierto por fin, en la trastienda de una guerra miserable, en qué tipo de adulto iba a convertirse su pequeño.

Toma una esponja, la humedece en agua jabonosa y empieza a limpiar despacio la pálida superficie de su piel. Se recrea en cada pliegue, queriendo reconocerlo como propio, queriendo llevarse su recuerdo para no olvidarlo jamás. Los gestos impacientes son siempre perecederos, y él no quiere malgastar la intensidad de ese momento. Hay algo en su hijo que le recuerda a él mismo en su juventud, cuando la curiosidad lo hacía insaciable, cuando pensaba que sería capaz de doblegar cualquier obstáculo; le agrada comprobar que tiene los rasgos de un joven impetuoso, amigo de las pasiones, perseguidor de sueños imposibles. Cómo le habría gustado hablar con él, conocer sus gustos y sus aspiraciones, comprobar cuánto tenían en común. Stefan recuerda con tristeza que cuando Arthur era pequeño y ya empezaba a forjarse su propia personalidad, no hubo nada en su padre que le pareciera admirable, nada digno de imitar o de continuar; toda su devoción era hacia Helga, sólo ella era insustituible. No quiso aprender a jugar al ajedrez, ni a tirar con arco, ni a hacer fotografías, únicamente le interesaba leer, como hacía su madre, un libro tras otro desde que fue capaz de identificar las letras.

Luego lo seca con un paño blanco, como hacía cuando de niño lo sacaba de la bañera; Arthur se quedaba de pie, muy quieto, sumiso, temblando de frío y hablando sin parar sobre las fantasías más delirantes, y él le rodeaba el cuerpo con una toalla y le secaba la cara, las orejas y el pelo con otra más pequeña. Aún tiene presente aquella sensación de fragilidad, aquella inocencia ligera, cuando él lo levantaba envuelto en las toallas y se lo echaba al hombro voceando que era un vendedor de alfombras. Todavía le parece oír cómo se reía.

Le acaricia el pelo y se lo retira hacia atrás, y Stefan recuerda cuánto le costaba peinarlo, porque de pequeño Arthur tenía el pelo largo y fosco, casi indomable, y siempre se le enredaba. Sin embargo, ahora que está corto y es dócil, nadie volverá a tocarlo.

Lo daría todo por cambiarse por él, por morir en ese mismo instante y darle a Dios su estúpido cadáver a cambio de la joven vida de Arthur. Nunca ha dejado de quererlo, no ha pasado ni un solo día en el que no se haya martirizado por no tener al lado a su hijo, por no ser igual que el resto de los padres. Para Stefan no hay una escena más dolorosa que ver a un padre paseando con su hijo, o jugando con él, o compartiendo juntos una mirada de complicidad. Eso es lo que él había perdido: la naturalidad, lo cotidiano, todo lo que de hermoso tiene la convivencia con un niño.

Stefan se sienta y busca fuerzas donde sólo hay una forma de tristeza desesperada. Cada uno de sus pensamientos lo hunde un poco más en una ciénaga de desconsuelo. Querría huir de sí mismo, no haber nacido, no haber conocido las incontables miserias del hombre; querría que su padre no hubiera dado aquel paso atrás en la estación de Viena a los doce años, y que la brutal locomotora hubiera barrido para siempre el apellido de los Adler.

Saca del armario el mejor de los uniformes, el que tienen reservado para los oficiales; lo limpia con cuidado, y con toda la dificultad que entraña hacer sin ayuda ese trabajo, viste con él a Arthur, que muestra la misma pacífica indolencia que un niño medio dormido que no puede vencer el sueño el primer día de colegio.

—¡Vamos, hijo! —le decía entonces—, no seas perezoso. —Y Arthur se recreaba en su flojedad, y dibujaba una sonrisa al ver a su padre vistiéndolo.

Eleva la camilla con la polea, coloca la cámara sobre el trípode, comprueba la luz, sitúa a la derecha de Arthur una pantalla reflectante para borrar las sombras de sus facciones, encuadra con meticulosidad y pulsa el disparador.

Cuando revela la fotografía hace dos copias, y guarda una de ellas en su colección de imágenes. El resultado es inmejorable, un retrato perfecto. La fotografía ha captado toda la inteligencia y la mansedumbre de Arthur, su seductora personalidad, su extrañeza ante la vida, su rebeldía y su cáustica lucidez. Al verlo, Stefan se siente un hombre miserable, un reo de culpas imperdonables. La imagen lo ha atrapado en su poderosa luz, lo devora y lo abate. Hunde la cabeza entre las manos y se aprieta en las sienes hasta hacerse daño. El rostro sereno de Arthur, su sustancia apagada, la fría retórica de la muerte lo sumergen en un venero de dolor que detiene su voluntad.

Pero todavía debe seguir, no puede derrumbarse; ahora tiene que volver a desnudarlo, enfundarlo en el saco, montarlo en la carretilla y llevarlo al depósito de cadáveres para que lo incineren. Ahora tiene que mirarlo por última vez, y pedirle perdón, y decirle que renunciar a él fue el error más dramático de su vida.

Y un poco después, cuando de su único hijo sólo quede un paquete de cenizas, cuando el nombre de Arthur no responda a una realidad sino sólo a un lacerante recuerdo, Stefan volverá a este mundo desalmado, vacío de sí mismo para siempre.

37

A LA MAÑANA SIGUIENTE, después de una noche atroz en la que los remordimientos se cebaron con él y no le dejaron dormir, en la que creyó ver a Arthur una y otra vez buscándolo con la mirada desde la ventana de su habitación, esperando verlo llegar y que sus vidas volvieran a ordenarse, en la que se arrepintió por cada vez que frustró sus esperanzas, le regateó un gesto amable o no fue paciente con él, Stefan va al encuentro del doctor Keller y le anuncia su regreso a Viena. Ya no volverá a Sarajevo, ya no fotografiará a los presos de la cárcel en la que Gavrilo Princip, el hombre que sin plena conciencia encendió la mecha de esta guerra, se muere de tuberculosis. Después de haber retratado el cadáver de su propio hijo, no le quedan fuerzas para seguir con esa tarea. Ya no rastreará más entre los semblantes de la agonía y de la muerte. Regresará a su ciudad, a la ciudad de sus padres, quiere visitar de nuevo los lugares en los que estuvo con Arthur, quiere hacerlo presente ya para siempre en su memoria y de alguna forma volver a vivir con él.

El doctor Keller, que siempre entendió aquella actividad como una morbosa pérdida de tiempo, acepta su renuncia sin poner ningún inconveniente.

—Sea fuerte, señor Adler, debe reponerse de este golpe y rehacer su vida.

—Gracias, doctor. No sé si seré capaz, ahora mismo ni siquiera sé si quiero rehacerme.

—No caiga en la mortificación, por favor. Usted es un hombre inteligente.

—No deseo mortificarme, pero algo dentro de mí reclama a gritos un castigo... Ya sabe, la implacable moral judeocristiana.

—Adiós, amigo, le deseo un buen viaje, las tardes sin usted van a ser muy largas.

—Siempre lo recordaré, Keller. Ha sido un privilegio conocerlo.

Después va a ver a María y le entrega uno de los dos retratos de su hijo. María observa el rostro de Arthur con una tristeza serena y abraza el retrato contra su pecho.

—¿Cuándo te marchas? —le pregunta.

—Ahora mismo, en cuanto salga el transporte del correo.

—Te echaré de menos.

—Y yo a ti, María, mucho más de lo que crees.

—¿Abrirás un estudio en Viena?

—Tal vez sí. Creo que volveré a fotografiar a los vivos.

—Cuando la guerra termine iré a verte. Me pondré un bonito vestido, lleno de flores y de volantes, y tú me harás una fotografía, una de esas que hacías a las damas de la aristocracia.

—Me gustará que vayas a verme...

—Siento mucho todo lo que ha pasado, Stefan.

—No tienes por qué sentirlo.

—Sí, sí lo siento, y no sabes cuánto. Siento que tu hijo haya venido a morir aquí, siento haberme enamorado de él, y también siento no haberme enamorado de ti.

Stefan abraza a María y la besa en la frente. Ya no percibe aquel intenso deseo hacia ella, los acontecimientos de los últimos dos días lo han devuelto a un estado previo a haberla conocido, a una profunda desidia por las relaciones íntimas con las mujeres; en su interior, le gusta pensar que María es la pareja de Arthur.

—Espero que encuentres la forma de ser feliz, Stefan. Nunca te olvidaré.

—Yo a ti tampoco, María, durante unas semanas me devolviste la juventud, y ese regalo no tiene precio.

—Tal vez cuando volvamos a vernos podremos hablar, y...

—No digas nada más —le dice Stefan poniendo un dedo índice sobre sus labios—. Cuando volvamos a vernos te haré esa fotografía y luego pasearemos cogidos del brazo por Viena, como dos buenos amigos.

En el estudio, Stefan desmonta su equipo y lo embala con cuidado en las mismas cajas de la Cruz Roja en las que llegó. Todavía no tiene una dirección en Viena adonde enviarlo, y le encarga a Peter que lo custodie hasta que llegue el telegrama con la dirección.

—Yo se lo cuidaré, señor Adler, no se preocupe.

—Ya no me llamas doctor.

—Claro, es que ahora no lleva la bata blanca. Eso me confundía, ¿sabe?

—Cuídate mucho, Peter.

Luego llena una gran bolsa con las docenas de imágenes de los presos y de los muertos, con las innumerables notas de sus estudios fisiognómicos; mete en ella el tratado de anatomía y las separatas científicas en las que basó sus deducciones, asegura bien el cierre con una cuerda y la lleva a la incineradora.

A las doce del mediodía llega la furgoneta con el correo. Stefan habla con el conductor y le pide que lo espere un momento. Regresa al estudio y coge el otro retrato de Arthur, ya enmarcado. Lo mira un instante y lo envuelve en un lienzo. Después descuelga de la pared el retrato del grupo que hizo el día que llegó su equipo, aquel que tituló «Los vivos», y también se lo lleva. Cree que le gustará recordar esos rostros cuando el tiempo amenace ya con borrarlos de su memoria. En la pared, ahora asimétrica y medio desnuda, sólo queda aquella otra fotografía del cementerio bajo la cual escribió «Los muertos».

—¿Dónde terminas la ruta? —le pregunta al conductor.

—Hoy tengo que llegar a Zagreb. Y vamos justos.

—Muy bien —afirma Stefan subiendo a su lado—, no te entretengo; allí podré coger el tren a Viena.

38

DESPUÉS DE UN VIAJE agotador en el que tiene la permanente sensación de un último regreso, de un retorno inclemente y definitivo tras el cual ya no querrá buscarse en el espejo de los días, Stefan llega a Viena y percibe que nada esencial ha cambiado en la capital del imperio durante los últimos nueve años. Los jóvenes austriacos se matan en las trincheras, pero la ciudad se mantiene ajena a su dolor, sumida en el mismo ritmo atolondrado y decadente de los últimos tiempos de los Habsburgo. Sólo quienes tienen un hijo en el frente parecen interesados por el curso de una guerra que, en su ciega vanidad, todos consideran ganada.

Toma una modesta habitación en Stephansplatz, junto a la catedral, duerme unas horas de forma intermitente, otra vez en medio de incómodos sueños reiterativos, y a la mañana siguiente se asea, quita el polvo del viaje a su ropa, coge el retrato de Arthur y sale a la calle.

Entra en la catedral y se sienta en uno de los bancos del fondo; aunque hace ya muchos años que se apartó de los preceptos de la fe, sigue reconfortándole entrar en una iglesia vacía y respirar el aire santificado por el incienso. Le parece tarde para iniciar un camino purificador, aunque tal vez encontrara en él una forma útil de escapar de sí mismo. Al fin y al cabo, ya ha empezado a desprenderse de los apegos sensitivos. Ha estado muchas veces en esa iglesia, recuerda haberse aburrido en ella mientras su madre rezaba. Él la miraba con extrañeza, queriendo comprender su transformación casi instantánea, su aparente ausencia, intentando escuchar qué decía con ese bisbiseo continuo y monocorde; después lo observaba todo a su alrededor, se perdía en su inmensa bóveda e imaginaba a las personas singulares que construyeron aquellos muros, a los que tallaron la sillería y forjaron las rejas mucho antes de que él naciera, antes incluso de que naciera su madre. Siempre que entra en la catedral piensa en ella, en su cariño incesante, en su fugacidad; la perdió demasiado pronto, y le duele no tener apenas ningún recuerdo de ella. Sólo le quedan las sensaciones, y le parece imposible recuperar la estabilidad de aquellos días, recuperar la calma.

En su sinuoso paseo hacia Karlsplatz, Stefan no puede sustraerse al acecho de la memoria; toda su infancia y su juventud transcurrieron en aquellas calles, en el mismo escenario que ahora lo contempla viejo y cansado. ¡Cuánto daría por poder engañarse y fingir un poco de felicidad! Las paredes de los edificios, los árboles, los coches de caballos estacionados en las aceras, todo se mantiene ahí, mudo y frío, indiferente a su hondo malestar, como si toda la ciudad estuviera haciendo un esfuerzo para que él comprendiera el matiz implacable de su realidad: un hombre cansado que camina solo con el retrato de su hijo muerto bajo el brazo.

Pasa ante una librería y se detiene frente al escaparate. Cientos de volúmenes esperan, tal vez, a que nadie los lea. Algunos anaqueles ya están deformados por el peso, deben de llevar mucho tiempo ahí, quizá desde su infancia, cuando quien miraba ese mismo escaparate era un niño ingenuo aferrado a la mano de su padre, y no un espectro vulgar tocado con un sombrero negro. A su padre le gustaba aquella librería, se detenían a menudo en ella, entraban y buscaban juntos algún libro de aventuras que pudiera interesarles a los dos, el mayor éxito fue para Sir Walter Scott, sus novelas históricas los mantenían durante semanas pendientes de las tribulaciones de sus caballeros. Sin embargo, él nunca consiguió que Arthur se interesara por ese tipo de libros; tenía la sensación de que su hijo los descartaba por el simple hecho de que fuera él quien se los hubiese recomendado. Entonces le dolía comprobar que eran tan diferentes, pero ahora prefiere pensar que con el tiempo, si hubieran tenido la oportunidad, Arthur y él se habrían comprendido mejor y habrían encontrado una forma distinta de acercarse el uno al otro, porque la relación entre un padre y un hijo mejora con los años, una vez que desaparece en el padre la necesidad de educar y de marcar límites y el hijo se considera libre.

Intenta no juzgarse, pero cada paso que da es más difícil que el anterior; ha tenido tantas vacilaciones, tantas dudas, que ha construido a su alrededor un presente árido y prescindible. Con un poco más de decisión, con más valentía, podría encontrar algo en su vida de lo que sentirse orgulloso, algo que lo rescatara del tedio, pero no es así; no hay en su pasado obstáculos sorteados con atrevimiento, sino triviales ejemplos de adaptación a un medio más o menos desfavorable. Quienes nunca se rebelan, quienes esperan que sean otros los que modifiquen el contexto de su desgracia, están condenados a una existencia gris, plagada de ruindad y de aburrimiento. A los que son como él les quedan los sueños, su territorio inmarcesible, su universo ofuscado.

Camina con la decisión de quien ha recorrido mil veces las mismas calles. Reconoce sus esquinas, sus olores, su amasijo de sensaciones. Podría decir que se cruza con los mismos transeúntes, con las mismas caras, con las mismas cabezas que él invariablemente ha presumido vacías. Siempre le ha resultado difícil ponerse en el lugar de los demás, imaginar sus razones para proyectarse más allá de una simple supervivencia, como si la naturaleza hubiese marcado reglas distintas para cada persona y existieran complejos arcanos que convierten a los otros en seres impenetrables.

Atraviesa la gran explanada de Heldenplatz, detrás del palacio de Hofburg, donde imagina al viejo emperador engañado por sus generales, creyendo en su aislada senectud que aún lo temen sus enemigos. Ve sin sorpresa que una capa de nieve ha tapizado el suelo de blanco, y la visión de esa enorme superficie fría y desnuda le hace pensar en el protagonismo absoluto de la muerte, en su infinita paciencia, en que lo es todo por ser lo único inevitable, en que está instalada en el hombre, pues nace con él y lo acompaña siempre, riéndose de su valor y su ironía.

Sabe que no puede recomponer el pasado, y que su búsqueda carece de sentido, porque no va a vislumbrar nada más allá de la culpa: ni alivio, ni consuelo, ni premio alguno por su contrición. Sus noches estarán llenas de desesperanza, y sus días serán grises e inútiles, como los ojos de un ciego.

Llega ante la puerta de la que un día fuera su casa, de la casa que él mismo eligió para iniciar su vida adulta. Todavía le parece ver ante ella a su padre, mucho tiempo atrás, supervisando cada detalle de la construcción, asegurándose de que su hijo no estaba tirando el dinero. Y también recuerda a Helga, cuando todo era distinto, cuando parecía posible que llegaran a ser felices, empezando a decorarla con dedicación y entusiasmo.

Él creció en esas calles, en un barrio tranquilo, lejos del bullicio del centro. Cuando su padre enviudó,

Stefan sólo tenía seis años; se mudaron allí huyendo del ruido y las aglomeraciones, buscando una casa de salones diáfanos y grandes ventanales orientados al norte donde Sebastián Adler pudiera montar su estudio. Muchos años después, cuando él mismo tuvo que buscar un sitio donde empezar de nuevo, no fue capaz de deshacerse del vínculo con su pasado y eligió una casa más sencilla pero en el mismo barrio, a un corto paseo del domicilio que compartió con su padre.

La fachada le parece distinta, quizá porque ahora los colores están más apagados, o porque se le antojara más grande y más vistosa en su memoria. Stefan no ignora que la memoria confabula en secreto a favor de nuestro bienestar, que exagera los recuerdos agradables y tiende a dejar escapar lo turbio, a hacer confuso lo abyecto.

Ya no hay pequeños grupos de arbustos bien recortados en el jardín, sino un caos irregular de maleza, y no ve a su alrededor nada suyo, ni un solo elemento que le recuerde a sí mismo. Tiene la sensación de no haber vivido nunca allí, de ser sólo un extraño.

Puede ver parte del interior de la casa desde la cristalera; dentro todo ha cambiado, excepto la profusión. Apenas se ven las paredes, que alojan decenas de cuadros, y no hay un solo rincón sin una cerámica. Nada de lo que ve había sido elegido por él, ningún detalle, como si el tiempo hubiese actuado en su contra, anulando su presencia con una rara eficacia.

Se detiene un instante y considera que tal vez ir

hasta allí no haya sido una buena idea; hace nueve años que no ve a Helga, que no la mira a los ojos, que no escucha su voz. Nueve años que lo han cambiado todo y que han transformado sus vidas en una mala deformación del distante modelo que ellos habían planificado. Tiene miedo de no reconocerla, de encontrarse frente a una desconocida con la que no le sea fácil sincerarse. Siempre había pensado que su única posibilidad para olvidarla era no volver a saber nada de ella, cancelarla en su vida, y el tiempo le ha demostrado que estaba en lo cierto. La realidad es que ya no le importan sus problemas, ni los derroteros de sus pensamientos, ni siquiera le importa su salud, y a pesar de todo, nada más llegar a Viena, le envió una nota avisando de su visita y hoy se ha presentado allí a la hora convenida, como si entre ellos hubiera una cuenta pendiente, como si tuviera la necesidad de desprenderse para siempre de algunos silencios. Pero no le apetece fingir emociones, ni buscar dentro de sí inútiles palabras de consuelo; no quiere un encuentro de dos viejos conocidos que ya no tienen nada que decirse porque entre ellos sólo quedan rencores, no quiere entrar en la casa y comprobar que su presencia es incómoda, ni que todo lo suyo ha sido arrumbado.

Imagina a Helga detrás de esa puerta, rota por el dolor, buscando algún aliciente que la ayude a afrontar otros veinte años de tristeza, herida, avejentada, sin fuerzas para escuchar sus reproches. No cree que pueda ayudarse culpabilizándola por su fracaso, por un fracaso que es de los dos. Tampoco quiere una pequeña victoria a cambio de infligir en ella un dolor irreparable.

Hubo un tiempo en el que él llegaba a esa casa todos los días después de una larga jornada de trabajo en el estudio; cruzaba el jardín, abría la puerta, agitaba las llaves, y un niño inquieto y travieso, todo un tropel de alegría y entusiasmo, corría desde su cuarto, bajaba dando saltos las escaleras y llegaba hasta el recibidor para abrazarse a él y darle un beso húmedo y sonoro en la mejilla. Aquella dulce recompensa, que entonces era sólo una agradable rutina, es ahora un deseo imposible, una vana añoranza. Ese tiempo no volverá, y esa lejana y reconfortante sensación es lo único que él podría desear ya de esa casa.

Se acerca despacio hasta la puerta y deja en el suelo con cuidado el retrato de Arthur.

Da un paso atrás y mira por última vez la fachada para ver la ventana de la habitación de su hijo. Siente un desgarro al pensar que él ya nunca estará allí, que se quedará vacía para siempre, habitada sólo por unos cuantos enseres abandonados; todo inmutable, como en un santuario. Un día tras otro, la luz entrará por ella al amanecer, se reflejará monótona en la pared del fondo e iluminará sin ningún propósito su quietud y su silencio. De vez en cuando, un pájaro proyectará su huidiza sombra en esa pared, y un momento después su imagen se desvanecerá, igual que la memoria de un muerto.

Sale del pequeño jardín y empieza a caminar hacia el fondo de la calle mientras la nieve, que aún no ha empezado a derretirse, cede y crepita bajo sus pies. Tiene frío, apenas recordaba ya la dureza del invierno austriaco; se levanta las solapas del abrigo, hunde entre ellas el rostro y mete las manos en los bolsillos. Hace un frío intenso bajo el frágil sol de marzo; durante toda la noche ha estado soplando el viento del norte en el valle del Danubio, y nada hace presagiar el final del invierno. Todavía hay esporádicas ráfagas de ventisca que levantan del suelo pequeños cristales helados y los hacen chocar contra sus mejillas, contra sus párpados, que se clavan como diminutas espinas en sus labios; algunos resbalan por el cansado perfil de su rostro, y otros se transforman en fugaces gotas de agua y se incorporan a sus lágrimas.

El Escorial, Madrid
Noviembre de 2010

Su opinión es importante.
En futuras ediciones, estaremos encantados
de recoger sus comentarios sobre este libro.
Por favor, háganoslos llegar a través de nuestra web:
www.plataformaeditorial.com

«Cada ser amado es el centro de un paraíso.»
Novalis

Esta primera edición de *El fotógrafo de cadáveres*
acabó de imprimirse en los talleres de Romanyà Valls
en agosto de 2012. Para su composición se ha empleado
la tipografía Stempel Garamond.